# Contents
目次



口絵・本文イラスト：夕薙
デザイン：atd inc.

# 皇族紹介

## 皇帝

**†ヨハネス・レークス・アードラー**

**†ヴィルヘルム・レークス・アードラー**

第一皇子。三年前に27歳で亡くなった皇太子。存命中は理想の皇太子として帝国中の期待を一身に受けており、その人気と実力から帝位争い自体が発生しなかった傑物。ヴィルヘルムの死が帝位争いの引き金となった。

**†リーゼロッテ・レークス・アードラー**

第一皇女。25歳。
東部国境守備軍を束ねる帝国元帥。皇族最強の姫将軍として周辺諸国から恐れられる。帝位争いには関与せず、誰が皇帝になっても元帥として仕えると宣言している。

**†エリク・レークス・アードラー**

第二皇子。28歳。
外務大臣を務める次期皇帝最有力候補の皇子。
文官を支持基盤とする。冷徹でリアリスト。

**†ザンドラ・レークス・アードラー**

第二皇女。22歳。
禁術について研究している。魔導師を支持基盤とする。
性格は皇族の中でも最も残忍。

**†ゴードン・レークス・アードラー**

第三皇子。26歳。
将軍職につく武闘派皇子。
武官を支持基盤とする。単純で直情的。

**†トラウゴット・レークス・アードラー**

第四皇子。25歳。
ダサい眼鏡が特徴の太った皇子。
文才がないのに文豪を目指している趣味人。

**†先々代皇帝**
**グスタフ・レークス・アードラー**

アルノルトの曾祖父にあたる、先々代皇帝。皇帝位を息子に譲ったあと、古代魔法の研究に没頭し、その果てに帝都を混乱に陥れた“乱帝”。

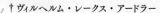

### † アムスベルグ勇爵家

五百年ほど前に大陸を震撼《しんかん》させた魔王を討伐した勇者の血筋。帝国貴族の中で最も上位の存在であり、皇帝にしか膝を折らない。勇爵家の中でも才あるものだけが、伝説の聖剣・極光《アウローラ》を召喚できる。帝国を守護することを自らの役割とし、基本的に政治には参加していない。

### † ルーペルト・レークス・アードラー

第十皇子。10歳。
まだ幼く、帝位争いには参加していない。性格は気弱。

### † クリスタ・レークス・アードラー

第三皇女。12歳。
ほとんど感情を表に出さず、アルやレオといった特定の人間にしか懐かない。

### † ヘンリック・レークス・アードラー

第九皇子。16歳。
アルノルトを見下しており、レオナルトにはライバル心を燃やしている。

### † レオナルト・レークス・アードラー

第八皇子。18歳。

### † アルノルト・レークス・アードラー

第七皇子。18歳。

### † コンラート・レークス・アードラー

第六皇子。21歳。
ゴードンの同母弟。直情的なゴードンの弟にも拘らず、性格はアルノルトに似ている。

### † カルロス・レークス・アードラー

第五皇子。23歳。
優秀と評されたことも、無能と評されたこともない平凡な皇子。
しかし能力に反して夢見がちで英雄願望を持ち合わせている。

アードラシア帝国の皇帝。十三人の子供たちに帝位を争わせ、勝ち抜いた皇子に皇帝位を譲ろうとしている。広大な帝国を統治し、隙あらば領土を拡大してきた名君。

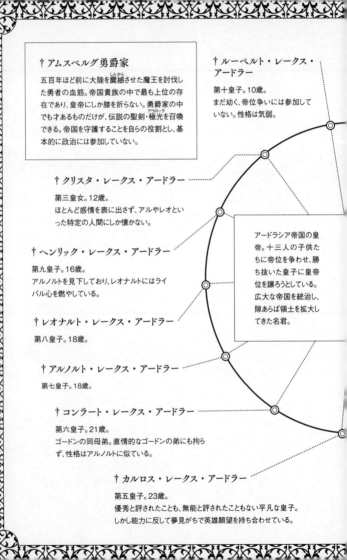

# 第一章　アードラーの竜騎士

Episode 1

1

「状況はどこまで変わった？」

　玉座の間に向かう途中。俺は歩きながらセバスに訊《たず》ねた。

　シルバーとして動いている間も帝国は内乱に加え、他国からの侵攻を受けていた。どこか一つの状況が動けば、すべてが動き出す。

「最も深刻なのは北部です。レオナルト様は北部諸侯連合と自らの本隊、そして配下の将軍率いる軍の三軍を用いて包囲網を敷いていましたが、北部諸侯連合が敗走し、散り散りとなったため、包囲網の維持ができなくなりました。現在、レオナルト様は本隊を率いて城に籠城していますが、城は包囲されつつあるということです」

「すぐに撤退しなかったのは良い判断だな。レオが撤退すれば、北部諸侯の大半はゴードンに流れる。それだけで戦局が決定づけられてしまう」

「ですが、代償にレオナルト様が包囲されました。配下の将軍の軍も対峙《たいじ》している軍に抑え込まれ、救援にはいけない状況です」

「だから帝都から援軍をって話だな。レオも竜王子が相手じゃ苦労するだろうしな。どうせ連合王国から援軍が来てるんだろ？　向こうには竜騎士団がいるからな」

「はい。当初は敵軍四万、レオナルト様も四万の戦力でしたが、連合王国と藩国から援軍二万が加わり、さらに竜王子直下の竜騎士団も出てきたため、北部諸侯連合は対応できなかったそうです」

「対応できなかったというか、対応する気がなかったというべきだろうな。北部諸侯はそこまで皇族のためにしてやる義理がない」

言いながらため息を吐《つ》く。

三年前。皇太子が北部国境で死んでから、北部諸侯は冷遇されてきた。皇太子をみすみす死なせたと中傷され、わざと見殺しにしたとすら言われることもあった。

帝都の祭事にも北部諸侯からの出席者はほぼなく、関係は冷え切っていたといえる。

北部諸侯連合といったって、全部の北部諸侯が参加しているわけじゃないだろうし、参加している貴族の士気も高いわけがない。

「そもそも北部は第四妃の生家がある。ゴードン陣営の地盤といってもいい。ゴードンとの関係はあまり良くなかったらしいが、積極的に戦うのも気が引けるだろうさ。ローエンシュタイン公爵は中立か？」

「はい。病を理由にどちらの陣営につくこともしていません」

北部最大の公爵、ローエンシュタイン家。

当主は第四妃の父。かつては軍の将軍として〝雷神〟と恐れられた古強者《ふるつわもの》だ。参戦すればそれだけで優勢になる大駒。

しかし、大の皇族嫌いだ。孫にせよ、ゴードンも皇族。もちろんレオも皇族。その内輪もめに参戦する気はないってことだろう。

「北部はわかった。西部はどうだ？」

「西部の総大将はトラウゴット殿下で、その補佐という形でレティシア様が参戦しています。王国軍の鷲獅子《グリフォン》騎士たちはレティシア様が帝国に与《くみ》していると知って、動こうとはしていません。そのため、王国軍の侵攻は停滞。今も膠着《こうちゃく》状態のままです」

「護衛でエルナも行ったって言ってたな？　聖剣がいつ出てくるかわからないから、王国も気が気じゃないだろ。しかし、よくトラウ兄さんが出陣したな？」

帝都での反乱時ならまだしも、わざわざ西部まで出向くなんて珍しいなんてレベルじゃない。

絶対に動かない皇族の一人だと思うんだが。

「陛下のご命令です。陛下は信頼できる軍のトップに皇族と近衛《このえ》騎士隊をつけることで、統制を図るつもりなのです」

「自分の近くに皇族と近衛騎士隊がいれば、各軍の将軍も迂闊《うかつ》なことはできないからな。しかし、そうなると動員できる軍には限りがあるわけだな？」

「はい。今、皇帝陛下が話し合われているのはそこについてでしょう」

もっとも信頼できる軍はおそらくトラウ兄さんとレオの下にいる。帝国中央にはまだまだ軍がいるはずだが、問題なのは信頼できるかどうか。

単独で派遣するのは危険だと父上は考えているんだろうな。しかし、レオには援軍が必要だ。

「動ける皇族はもういない。クリスタやルーペルトを出陣させるわけにはいかないし、父上や勇爵が前に出たら戦争がさらに肥大化する」

父上や勇爵が出陣すれば、その軍は精強だし巨大だ。負けじと連合王国と藩国は援軍を送るだろう。下手をすれば内乱が長引きかねない。

「はい。あまりアルノルト様が望む形ではないでしょうが、ここはアルノルト様が軍を率いて援軍に向かうべきでしょう」

セバスの言葉を聞いて、俺は肩をすくめる。

普通の相手ならそれでもいいだろう。

だが、今回の相手は普通じゃないし、何かと因縁がある。

「相手がゴードンと帝国軍だけならともかく、向こうには竜王子がいる。帝都で一杯食わせたからな。向こうは俺のこともしっかり警戒しているだろうさ。大々的に出陣すれば即座に対応される。俺とレオの合流を阻むだろうし、確実にレオを仕留めに動くだろう」

「ではどうするおつもりで？」

「いつも通りだ。こっそり動く」

「なるほど。戦場でも暗躍するつもりということですな」

「その通り。それに俺はそっちのほうが向いている。大軍を率いるのはレオに任せるさ」

言いながら俺はニヤリと笑う。

2

帝国軍は俺への評価をそう変えたりはしない。長く出涸《でが》らし皇子という評判は根付いてきたからだ。しかし、ウィリアム王子は違う。

ちゃんと帝都での反乱を分析しているだろうし、俺がちょこまかとかき乱したのは理解しているだろう。

正面戦力として優秀なレオとかく乱に長《た》けた俺。合流させたらまずいと、常に考えているはずだ。

そこに付け入る隙がある。俺はあえて正面に立たず、こっそり暗躍しにいく。しかし、存在だけはほのめかす。考えて、俺の影を警戒してくれれば御の字だ。

どうせ北部の戦局はすぐには変わらない。

鍵を握るのは北部諸侯。彼らを真に動かさないかぎり、戦いの決着は見えないだろう。

レオが城の中で戦っているのは好都合だ。支援は必要だろうが、そうしてくれればウィリアム王子の目はレオに向く。北部諸侯に調略の手が伸びることはないだろう。

その間に北部諸侯をまとめ、一気に敵軍を突き崩す。

考えうるかぎり、早期決着にはそれしかない。

「さっさと内乱を終わらせないと帝位争いどころじゃないからな。それに……皇族の不始末は皇族がしっかりと片付けるべきだ」

ゴードンは皇族だ。反乱を起こした時点で、皇族の責任となる。

誰も皇族のせいだ、皇帝のせいだとは言わないだろう。だが、心の中では思うだろうし、俺たち皇族もそのとおりだと肝に銘じなければいけない。

そんな風に思っていると、玉座の間の前についていた。

そこを守る騎士たちが驚いたように俺の顔を見つめる。

そして中からは大きな怒声が響いてきた。

「信頼できぬ軍を派遣すれば、それは敵への援軍になりかねん！　何か方策は思いつかんのか⁉」

父上の声だ。

きっと大臣たちがありきたりな答えしか返せないからイラついているんだろう。

大臣たちもかわいそうに。

俺はゆっくりと玉座の間の扉を両手で押す。

音を立てて扉が開き、中にいる者たちの視線が一斉に俺へそそがれた。

「レオの救援には俺が行きます。ああ、ご安心を。軍は向こうで集めるので」

精鋭だけ貸してください。

そう付け加えると父上が頰《ほお》を引きつらせたのだった。

「あ、アルノルト殿下⁉」

「お目覚めになられたのですか⁉」

重臣会議の参加者たちは驚いたように声をあげた。

それを無視して、俺は父上とその隣にいるフランツへ視線を向けた。

「お前という奴《やつ》は……しばらく寝てても変わらんな」

「たかが一月半で人は変わりませんよ」

「それもそうか……体は平気か？　どこにも支障はないな？」

「ええ。平気ですよ。ご心配をおかけしました」

「よい……よく目覚めてくれた」

そう言うと父上は軽く笑ってみせた。安心した笑みだ。だいぶ心配をかけてたらしいな。

だが、すぐに皇帝としての顔に戻り、フランツに目配せする。

「アルノルト殿下がお目覚めならやれることはいくらでもあります」

「そうだな。しかし、アルノルトには考えがあるようだぞ？」

「別に考えってほどじゃありませんよ。状況はだいたいセバスに聞きました。そのうえで言いますが、援軍の大将に俺を据えるのは勘弁してください。死にたくないので」

「護衛には近衛騎士隊がつきます」

「そこの心配はしていない。問題なのは敵には竜王子がいるってところだ。帝都で嘲笑《あざわら》ったので、向こうは絶対に俺を許さないでしょう。俺が出陣すると聞けば、必ず標的にされます」

「……その可能性は十分にあります」

父上がフランツに目を向け、フランツは静かに頷《うなず》く。

援軍として派遣された俺が標的になるのは好ましくない。

俺が敵を引き付ければ、レオは自由に動けるわけだが、苛烈な攻撃を俺は受けることになる。信頼度でいえば次点の軍を率いて、俺はそれを防げるかどうか。

怪しい話だろう。

「では、どうする?」

「ですからこっそり行ってきます。俺は帝都で寝ているということにしてください」

「……レオナルトは現在、包囲されている。少なくとも兵糧の支援が必要だ。それをするのに軍はいらないというのか?」

「大軍で向かったところで兵糧を届けられるとは限りません。向こうは地上だけじゃなく、空も封じてるでしょうしね」

俺の言葉に父上が顔をしかめ、フランツは目を細めた。

俺がどんな部隊を求めているのか。

それをすぐに察したんだろう。

「聞くだけ聞こう。それをどう打破するつもりだ?」

「近衛騎士団最速の部隊。第六近衛騎士隊を使います。帝国において貴重な航空戦力ですから」

俺の言葉を聞き、大臣たちが騒ぎ出す。

貴重な航空戦力。それが今まで温存されていたのには訳があるからだ。

「第六近衛騎士隊は儀礼部隊！　偵察や連絡任務ならまだしも、本格的な戦闘に参加させるなどあってはなりません！」

「彼らが騎乗するのはかつては崇拝の対象でもあった、幻獣・天隼《てんしゅん》！　その個体は帝国内でも数少なく、騎乗できる天隼騎士は第六近衛騎士隊の五十人あまりだけ！　失えば補充するのに何年かかると思っているのですか⁉」

非難の嵐だな。当然か。誰もが思っていたのに口には出さなかったわけだしな。

第六近衛騎士隊は天隼という幻獣に跨《またが》る騎士だ。天隼は連合王国の飛竜はもちろん、王国の鷲獅子よりも速く飛べる。その力は圧倒的であるが、調教が難しく、さらには数が少ない。

帝国内ではかつて崇拝されていた幻獣でもあり、そのため祭事で活躍する儀礼部隊とされてきた。

強さは折り紙つき。しかし数が少なく、補充も利かない。しかも、かつて崇拝していた幻獣でもあり、戦争に巻き込むのも体面が悪い。

戦場に出せない理由は揃《そろ》っている。

だが。

「温存して北部で帝位候補者が亡くなれば、北部貴族はもはや後には引けません。これまでで

すら冷遇されていたのに、今度はどんな仕打ちを受けるか。ならばゴードンに付こうと考えるでしょう。そうなってからではすべて手遅れですよ？」

「……投入するならば勝たねばならん」

「もちろんです。戦争は勝たなきゃ意味がない。だからこそ、レオへの補給は欠かせない。彼らを使って空から補給します」

「それはフランツも考えていたことだ。しかし、天隼に兵糧を運ばせるのは長所を消すことになる」

「ええ、ですから第六近衛騎士隊は護衛です。運ぶのは別にやらせます」

俺の説明を聞き、大臣たちが怪訝《けげん》な表情を浮かべた。

帝国内において航空戦力は数少ない。

地上戦力では連合王国を圧倒しているが、航空戦力では大劣勢。それが北部の苦戦の要因でもある。

王国のように鷲獅子騎士はいない。飛竜を相当な数揃えてくる連合王国を相手にするには、とにかく空で竜騎士を自由にさせてはいけない。

「アルノルト殿下。どうやら知らないようですが、帝国には航空戦力が少ないのです。願えば湧いてくるわけではないのですよ？」

「戦力は少ないかもな。だが、戦力ではないのはいる。北部ではかなり前から飛竜と竜騎士の育成が行われていました。戦力になりそうなのは少ないという話ですが、荷物を運ぶくらいは

できるはずです。第六近衛《このえ》騎士隊で制空権を確保し、彼らに兵糧を運ばせます」

空での戦いではそれなりの機動力が必要になる。大きすぎる飛竜は的になるだけで、戦場には出られない。連合王国はそこらへんのノウハウを持っているが、帝国は持っていない。いまだ試行錯誤の段階なのだ。だから飛ぶことはできても、身軽に動けない飛竜がかなりいる。戦力には確かにならないが、輸送任務になら使えるはずだ。

「たしかに帝国北部では竜騎士の育成が行われています。主導していたのはグライスナー侯爵。現在はレオナルト殿下のお傍《そば》にいるはずです」

「敵に回ってたらどうしようかと思ってましたけど、これで問題解決ですね。正直、これしか手はないと思いますよ？」

俺の言葉を受けて、父上は考え込む。

しばらく沈黙は続き、フランツに声をかけた。

「どう思う？」

「第六近衛騎士隊に依存しすぎる作戦ですが、悪くはないかと。安全性に問題がありますが、今は拘《こだわ》ってもいられません」

「……ワシもそうは思っている。だが、その後はどうするつもりだ？　アルノルト」

まぁそうだよな。

レオに兵糧を届けたとして、北部の戦況をどう変えるのか。

ただ兵糧を届けても、レオの延命にしかならない。

根本的な解決にはならないということだ。

だからこそ、動かない奴らの尻を叩《たた》くしかない。

「北部諸侯連合を作ります」

「すでに形を成していない。再建するつもりか？」

「一部の貴族しか参加していないのに、北部諸侯連合とは言えません。北部諸侯が一丸となって、力を合わせる。そのために俺が説得に動きます」

「……北部の貴族は皇族を嫌っておる」

「そりゃあ嫌うでしょう。皇太子の死を自分たちのせいにされたんですから。確かに北部貴族の動きが早ければ死なななかったかもしれない。けど、可能性の話です。それなのに、元凶のように言われ、彼らは常に冷遇されてきた。いまだに裏切らないのは状況が五分五分だからということと、ゴードンも皇族だから。それだけです」

「わかっているのに説得できると殿下はお考えですか？」

フランツの言葉に俺は少し考え込んだ。

絶対にできるとは言えない。なにせ相手のあることだ。

だけど、彼らはきっと俺の話なら耳くらい貸してくれるだろう。レオはたぶん話も聞いてもらえない。その差はでかいし、聞いてくれるなら俺次第でもある。

「彼らは忠義が出涸らしになってしまった者たちで、俺は能力が出涸らしの皇子。同じ出涸らし同士、仲良くやれるかもしれないと思ってます。馬鹿にされ、冷たく対応される。その気持

ちはわかりますから」

「……お前と北部貴族は違う」

「一緒です。彼らは我慢することを知っていた。我慢しなければいけなかったから……父上。この一件は俺に任せてもらえませんか？　皇族に冷遇されてきた貴族と、帝国中から馬鹿にされてきた皇子。面白い組み合わせだと思うんです」

そう言って俺は頭を下げた。

北部貴族のためにもここは俺に任せてもらいたい。

「……よかろう。そこまで言うなら第六近衛騎士隊をお前に預ける」

「陛下!?」

「お考え直しください！　第六近衛騎士隊は帝国最強の航空戦力！　失えば敵側は大いに士気をあげます！」

「それ以外に手はない。ワシはアルノルトに任せると決めた」

「これは帝国の存亡にかかわります！　せめて東部国境のリーゼロッテ元帥にお任せくださ い！」

「異論は許さん。お前たちはアルノルトが頼りないと思っているようだが……前回も帝国存亡の危機だった。そのときアルノルトは誰もが予想できない動きを見せた。その功績を評価して、ワシはアルノルトに託す」

「感謝いたします」

「だがアルノルト。お前が失敗した場合、ワシは強硬手段に出る。それを忘れるな？」

「はい。父上」

言いたいことはわかる。

父上じきじきに近衛騎士団を率いるか、勇爵が出ていくか。

なんにせよ、北部の戦いは激化する。

北部貴族のため、そして彼らの領民のためにも失敗は許されないのだった。

「帝国第七皇子アルノルト・レークス・アードラーに命じる。近衛第六騎士隊を率いて、第八皇子レオナルトを救援せよ」

「はっ」

膝をついて俺は父上から剣を受け取る。

帝都での反乱の際、目立ちすぎたと思っていたが、こうしてみると結果オーライだったな。あまりにも無能な者は戦場には出れない。帝都で目立ったからこそ、今こうして剣を受け取ることができている。

本来ならこういう役目は別の誰かに任せたいところだが、今は動ける皇族がいない。皇族もどんどん手薄になってきたな。

帝都の会議に出ていないということは、エリクは皇国か東部国境にいるんだろう。皇国を止めるのに全力を尽くしているといったところか。

困った話だ。いくら前線でレオが手柄をあげても、騒動が起きれば起きるほどエリクは別方

面で手柄をあげる。厄介な皇国を自ら作ったコネクションで食い止めているからだ。

それはほぼエリク一人の手柄となる。皇国を動かせない。それだけで今回の内戦でもエリクは功労者となる。

外務大臣というポストについているエリクは、忠実に自分の仕事をしていれば功績がついてくる。それがエリクの絶対的優位を支えている。

それを崩すためにゴードンもザンドラも躍起になっていたわけだが、結局は及ばなかった。正攻法では勝てないと理解しているから強硬手段を取ったわけだ。

これからは俺たちがその絶対的優位を崩さなきゃいけない。そのための第一歩がこの内乱だ。

「気を付けるのだぞ。アルノルト」

「まぁ気長に待っていてください」

そう言って俺は立ち上がる。

ゴードンは倒すし、レオにも手柄をあげさせる。できるだけ短く終わらせるし、北部貴族もまとめあげる。

やることは多いが、いつものことだ。

今回もきっちり暗躍させてもらおう。

## 3

立ち上がった俺にフランツが声をかけてくる。

「殿下。第六近衛騎士隊は現在、帝都の傍で試作兵器の試験運用中です」

「試作兵器？」

「技術大臣が開発したものです。行けばどんなものかわかるかと。第六近衛騎士隊を呼び戻すよりは、殿下が直接見に行ったほうがよいかと思いますが、どうでしょうか？」

天下の宰相の勧めだ。

いやというのは愚かだろう。

それに試作兵器というのも気になる。

「じゃあ俺が出向こう」

「では早馬を走らせます。技術大臣も殿下のお目覚めを今か今かと楽しみにしていたようですから」

「技術大臣が？　俺を待ってた？」

「はい。殿下用の試作兵器も作ったそうです」

「懲りない人だなぁ」

そう言って俺はため息を吐《つ》くのだった。

■■■

帝都のすぐ近くにある大きな森の中。

人知れずそこで試作兵器の運用試験が行われていた。

「魔導杖《じょう》か」

「魔力を流すだけで魔法が発動する杖《つえ》。実戦レベルに耐えられる物がついに完成したようですな」

森の中を歩きながら俺はセバスの言葉に頷《うなず》く。

魔導杖というのは、魔導師でなくても魔法が使えるようにする魔導具だ。

今までは簡単な魔法なら再現できていたが、実戦レベル、つまり兵士に対して有効な攻撃を行える魔導杖はなかった。

魔法大国である皇国に備え、帝国ではいち早くこの魔導杖の研究に取り組んでいた。その本気度は、技術大臣というポストを用意して、凄腕《すごうで》の研究者を帝国に招くほどだ。

その努力が報われた形なんだろうが、全部上手《うま》くいったわけではなさそうだ。

「調子はどうだ？　キューバー大臣」

「おお？　おお！　アル皇子！　冬眠から目覚めたのですね！」

俺の顔を見て、よくわからん言い方をするのはやせた中年の男。眼鏡をかけて、薄汚れた白

衣を身にまとっている。

とても帝国の大臣とは思えない見た目だが、れっきとした技術大臣だ。とはいえ、特例で重臣会議への出席は免除されており、一年の大半は部屋に籠って研究に明け暮れている変人。

それがキューバー技術大臣だ。

「冬眠じゃないが、なんとか目が覚めたよ。第六近衛騎士隊が使ってるのが試作兵器か？」

「ええ、ええ！　そうですとも！　六一式魔導戦杖です！　魔力を流し込むだけで炎系統の魔法が発射されます！　威力は対人には十分です！」

「みたいだな」

そう言って俺は大きな木を器用に回避しながら、用意された的に炎弾を当てていく第六近衛騎士隊の面々を見つめる。

彼らが跨《また》るのは黒と白の毛色を持つ隼《はやぶさ》。天隼だ。

猛烈なスピードを誇る天隼を操り、森を低空飛行で突破する。それだけでもすごいのに、的にもきっちり炎弾を当てている。さすがの練度といったところか。

彼らが持つのは一見すると槍《やり》のような杖。それが六一式魔導戦杖なんだろう。

その大きさは一般的な長槍よりやや短いといった感じだ。だが、重さはきっとその比じゃない。近衛騎士たちはベルトに固定して使っている。きっと腕だけでは支えきれないんだろう。

「大型化は避けられなかったか」

「そうです、そうなんです！　どうしても内部構造を小型化できず……しかし宰相が第六近衛

騎士隊で運用させるという方法を提案してくれまして！」

性能は確かだが、大型な魔導杖。それを第六近衛《このえ》騎士隊に使わせることで簡易的な空飛ぶ魔導師を作り出したか。

空戦は基本的に接近戦だ。遠距離とは言わないまでも、中距離からの射撃ができればそれだけでとんでもない優位を確保できる。

敵は矢を放つしかないのに、こちらは威力の高い魔法。しかも精度も悪くない。

ただでさえ強力な第六近衛騎士隊をさらに強化するとはな。こういうことをやっていたということは、宰相もいずれは第六近衛騎士隊を戦力として投入する気だったんだろう。

ただ、試験運用中の兵器を持たせて出撃させるのは少々リスキーだ。すぐに使おうとしなかったのは慎重な宰相らしい。

「現在は馬に乗った人間が扱えるレベルまで小型化する研究を開始してますが、なかなか難しくて、難しくて……ですが！　そこがやりがいポイントでして！」

「熱心なことで何よりだ。それで？〝また〟俺用の兵器を開発したそうだが？」

「ああ！　そうです！　そうなのです！　今回は自信作です！」

毎度毎度、そう言ってるけどな。

自慢のおもちゃを取り出す子供のような表情を見せるキューバーに苦笑する。

キューバーは、魔力はあるけど魔法の才能がない俺に目を付け、俺が使える兵器をずっと考案してきた。

今のところ成功したことはない。大抵、俺が流し込む魔力に魔導具が耐えきれないからだ。

「アル皇子！　これです！　六二式魔導戦杖！　小型化ができない代わりにすべての性能で六一式を上回っています！」

「欠点は？」

「魔力の消費量が多いことです！　しかし！　アル皇子ならば関係ないでしょう！」

そう言ってキューバーは早く試し撃ちしろとばかりに俺を六二式が置いてある場所に誘う。

地面に置かれた六二式は大きさや形は六一式とあまり変わらない。しかし、黄金の塗装がされており、見るからに豪華な特別仕様。

「こりないなぁ。いつもいつも壊れるのに」

「今回は大丈夫です！」

「それもいつも言ってるけど」

呟《つぶや》きながら俺は周りにいたキューバーの助手たちの手を借りて、六二式を持つ。

ベルトで固定していても相当重い。

俺の体を助手たちが支えてくれているから、なんとか姿勢を保てるが、手を離されたらすぐに倒れてしまうだろう。

「重いなぁ……もういいか？」

「大丈夫です！　魔力を流し込んでください!!」

そう言ってキューバーが興奮気味に告げた。

言われたとおりに俺は魔力を流し込む。

すると。

「あーあ……」

「あああああぁぁぁぁ!?!?!?!?」

六二式から魔法は発射されず、代わりに真っ二つに折れた。

いつも通りなんだが、キューバーは悲痛な叫び声をあげて駆け寄ってくる。

まるで倒れた子供を介抱するように折れたほうの部位を持ち上げて、ゆっくりと呟いた。

「……ご臨終です……」

「そうか。まぁいつも通りだな」

「くそー！　どうしていつも失敗するんだ！」

悔しそうにキューバーは地面を何度もたたく。

失敗の理由は単純に強度不足だろう。

俺は魔力のコントロールが下手だ。いや、正確には下手なわけではない。

現代魔法やこの魔導杖に使う魔力が十の位だとしよう。その位の調整が俺はほぼできない。

大体、百の位で魔力をコントロールしてしまうのだ。

そうなると大体の魔導具はこうなる。

古代魔法は必要魔力量が百の位からなため、そこが問題にならない。俺が古代魔法に向いている理由の一つだ。

もっとも魔力があれば古代魔法を使えるかと言われると、そうではないが。

「切り替えろ。いつものことだろ？」

「いつも悲しんでいるんです！」

そう言ってキューバーはいじいじと土いじりを開始した。

本当に変わり者だな。まぁその腕は確かだが。

「キューバー大臣。これをもう一個作れるか？」

「一応、試作したのは二本なのでもう一本ありますが……」

「なら、それをレオに使わせてみよう。俺はこれから前線に行くからな」

「なんと⁉ つまり第六近衛騎士隊を連れていくのですね⁉ 我が六一式と共に！」

「そうなるな」

そう俺がキューバーに答えたとき、一人の近衛騎士がゆっくりと俺の傍《そば》に着地した。

その背に纏《まと》うのは近衛騎士にだけ許された白いマント。その中でも細部にこだわったマントだ。つけられるのは近衛騎士隊長のみ。

「久しいな。ランベルト隊長。急で悪いが、これから俺と前線に出てもらうぞ？」

「宰相より知らせは届いております。我々は今か今かと待っておりました。いつでも行けます」

そう言って第六近衛騎士隊長、ランベルト・フォン・マイアーは笑うのだった。

第六近衛騎士隊隊長、ランベルトは日焼けした肌が特徴の男だ。

年は三十代前半。

地方貴族の四男として生まれ、家督を継ぐことはほぼ絶望的。軍に入っての栄達を目指していたランベルトだったが、天隼への適性を認められて天隼騎士への道を歩むことになった。

メキメキと力をつけ、第六近衛騎士隊に入隊したランベルトは各地への連絡、偵察といった任務で帝国に貢献してきた。

しかし、本人は前線での戦闘任務をずっと要望していた。

自分たちこそ空では最強。そう信じているし、それは自信過剰でもない。だが、話題に上がるのは竜騎士や鷲獅子《グリフォン》騎士の話ばかり。

戦闘に出ない天隼騎士が最強と認められることはないのだ。

ゆえに今回のことは願ったり叶《かな》ったりだろう。

もちろん、それ以外にも戦場に行きたい理由はあるだろうが。

「連合王国の竜騎士など我々が蹴散らしてくれましょう」

「頼もしいな。だが、一つ言っておくことがある」

「なんでしょうか？」

「俺たちの目的はレオの救援。これが第一目標だ。それを肝に銘じておけ」

「もちろんです。言われるまでもありません」

「本当か？　親友の敵討ちがしたいんじゃないのか？」

俺の言葉にランベルトは押し黙る。

ランベルトには親友がいた。同じ近衛騎士隊長であり、同年代だったオリヴァーだ。

帝都の反乱の際、ランベルトは北部国境にいた。藩国からの侵攻が予想されることを伝えるためだ。

そういうのが第六近衛騎士隊の任務だとランベルトもわかっているだろう。だが、自分が帝都にいればと思わないはずがない。

オリヴァーは結局、多数の剣をその身で受けた状態で発見された。文字通り、体を張って足止めをしてくれたんだろう。

だが、直接の死因は腹部の傷だ。背中からの不意打ち。

裏切者の近衛騎士隊長、ラファエルがオリヴァーを殺したのだ。そしてラファエルはゴードンの下にいる。

北部の戦線に参加すれば遭遇することもあるだろう。

その時にランベルトは冷静でいられるだろうか。

「……友の仇《かたき》を討ちたいと願うのは間違っているでしょうか……」

「間違ってはいない。当然の想《おも》いだ。しかし、オリヴァーは最期まで近衛騎士だった。帝国のためにできることをした。任務を放棄して敵討ちに走れば、オリヴァーの想いを裏切ることになるだろう」

「……わかっていますが……」

「わかっているならいい。任務はちゃんとやれ。お前は近衛騎士隊長なのだからな。任務をやったあとに敵討ちはしろ。任務が成功さえすれば何をしようと文句は言わん」

「殿下……」

「正直、俺もラファエルにあったら一発殴りたい気持ちだからな。見かけたら代わりにやっておいてくれ。まぁあくまで任務優先だが」

気持ちを抑えきれてない奴《やつ》に駄目だというのは無駄だ。きっとその時になったら本能で動いてしまう。

それなら認めてやったほうがいい。ただ、俺も譲れない部分がある。任務の成功だ。

そこだけはちゃんとやってくれるなら文句は言わない。

ただし。

「逆に討ち取られるなんてことは絶対に避けろ。すでに近衛騎士団の隊長の内、一人は死亡、一人は離反。任務で帝都を離れている者も多い。これ以上数を減らせば、父上を守ることだけで手いっぱいになるぞ」

「了解いたしました。すべて心に刻みます」

そう言ってランベルトは静かに頭を下げたのだった。

## 4

次の日。

俺は昨日の内に出発する気だったのだが、宰相がそれに待ったをかけた。

精鋭をさらに加えるというので、仕方なく俺はキューバー大臣の発明品の中から、使えそうなものを選んで時間を潰した。

そしてやってきたのは意外な部隊だった。

「殿下のご出陣と聞いて飛んできましたよ」

「宰相も案外過保護だな。近衛騎士隊だけじゃなくて、君らまでつけてくれるとはな」

俺の目の前には百人ほどの部隊がいた。

その代表者は俺がよく知る人物だった。

ネルベ・リッターの指揮官、ラース大佐だ。

宰相はわざわざネルベ・リッターの内、百人ほどを呼び寄せてくれたらしい。

ネルベ・リッターの主任務は帝国中央部の防衛。いつ、どの軍が反旗を翻すかわからない状況で、反乱の際に駆け付けたネルベ・リッターの信頼は厚い。

だからこそ、帝国中央部に留め置かれていた。

そのうちの百人とはいえ、ラース大佐も含めて貸してくれるとは。至れり尽くせりとはこのことだな。

「あの日より、皆、殿下の指揮の下で戦いたいと願っておりました。この命、殿下にお預けします」

「帝都の反乱の時に指揮を取ったと思うが？」

「あの程度では指揮を取ったとは言いません。本気の殿下に皆、期待しておりますので」

「やめてほしいね。そういうのは」

そう言って俺は肩をすくめつつ、黒いフード付きのマントを用意する。

表向き、俺はまだ寝ていることになっている。

いつものように誰にもバレないと余裕をかましてはいられない。

「では、出発するとしようか。まずは西部方面に進む。どうせ帝都には敵の目があるだろうからな。夜までは西部へ行くと見せかける」

「夜の闇に紛れて、北部に転進するという作戦ですね？」

「そんなところだ。ちょうど持っていく物が結構あるからな。輸送任務ということにしておこう」

そう言って俺は数台の馬車を指さす。そこにはキューバー大臣の発明品がぎっしりと詰め込まれている。

本人的には失敗作が多いらしいが、使い方次第じゃ戦力になる物をチョイスした。

「第六近衛《このえ》騎士隊は先行ですか？」

「そうだ。一緒に行動してると目立つからな。彼らとは北部で合流する。セバス、周りへの警戒は任せたぞ」

「かしこまりました」

そう言ってセバスが音もなく姿を消す。

敵の手の者が俺たちを怪しみ、後をつけたとしてもセバスが対応するだろう。

まぁ、セバスがいなかったとしてもネルベ・リッターの後をバレずに追跡するのは困難だ。

厳しい訓練で高い練度を維持しているネルベ・リッターはどんな任務にも対応できる。強行突破から隠密《おんみつ》行動まで、なんでもござれだ。

あえて危険を冒して追跡しようとする者はいないだろう。帝都の情報を仕入れる目と耳は、敵にとっても重要だ。それを失う危険を覚悟してまで、西部に向かう部隊に興味は示さない。

「しかしまぁ、第六近衛騎士隊にネルベ・リッターまで与えられたら失敗は許されないな」

「元より失敗する気などないのに、心配するフリはおやめください」

「おいおい、俺はそこまで自信家じゃないぞ？　ちゃんと失敗するかもと思ってる」

「顔はそうは言ってません。どう相手を謀《たばか》ってやろうか。そんな表情です」

「人を詐欺師みたいに言うな」

「詐欺師のほうがまだ優しいと思いますが。それで、今回はどう動くおつもりですか？　よければご教示願えますか？」

「別に大したことはしないさ。まぁ道中説明するよ。君らにも動いてもらうしな」

そう言って俺は馬に乗ろうとする。

だが、それを急いでやってきた騎士に止められた。

「殿下！　陛下が顔を見せてから行けと！」

「はぁ？　出立の挨拶はしたはずだが？」

「それはそうなのですが……」

騎士は困った表情を浮かべた。

この騎士を困らせても仕方ないか。

「わかった。顔だけ見せてこよう」

そう言って俺は城へと向かったのだった。

■■■

玉座の間。

そこには俺と父上しかいなかった。

そして用件らしい理由は置かれた大きな軍旗だろう。

赤地に黒と白の交差した双剣。

見たことがない新しい軍旗。

「これを持っていけという話ですか？」

「……元々はレオナルトの軍旗だ。ただしレオナルトのモノとは剣の配色が逆になっておる」

「間違えたんですか？」

「馬鹿者、あえてだ。儀礼の際にお前が使うことを考えて作らせた」

「またややこしいことを……これを持っていけと？」

「そうだ」

「軍を率いる気はありませんし、戦場じゃ見分けはつきませんよ？」

「どう使うかは任せる。いいから持っていけ」

そう言って父上は黙り込む。

そんな姿を見て、俺はぽつりと呟《つぶや》いた。

「今更、心配になりました？」

「心配にもなる。今更、お前を戦場に出すことになるならもっと学ばせればよかったと思っておるところだ」

「今更ですね」

「今更だな」

また、しばし沈黙が続く。

父上は皇帝らしく玉座に座っているが、その顔は父親のものだった。

宰相が傍《そば》にいなければ、ときおり弱気が顔を出す。

そういう側面が見え始めたのは皇太子が死んでから。

すでにザンドラも死んだ。

子がどんどんいなくなることが悲しいんだろう。

だが。

「――俺は皇族です。そしてあなたは皇帝だ」

「……わかっておる」

「なら仕方ないと思うしかないでしょう。聞いているとは思いますが、オリヴァーが父上に謝っていましたよ。責任を感じていたんでしょう」

「ああ、聞いている。トラウゴットとクリスタが伝えてくれた」

「今回の一件は皇族が起こしたことです。すべては皇族の責任。なのに近衛騎士が責任を感じている。おかしな話です。死ぬのは前線の兵士であり、騎士であり、民たちなのに。怨嗟《えんさ》の声は俺たちには届かない。すべてゴードンが悪いのだと喧伝《けんでん》するからです」

「そうだな……」

「でも、民は見ています。兵士は見ています。騎士は見ています。届かぬ怨嗟の声は彼らの内にある。この一件は手早く片付けるべきです。皇族の全力を注いで、皇族が血を流して、皇族が命を懸けて解決すべき一件です。あなたは皇帝で、俺はあなたの息子です。前線に出るのは義務です」

「ほかの皇族ならばその論法も通ろう。しかし、お前は義務を放棄し、その代わりに侮辱を受け続けた。今更、皇族の義務に縛られるのはおかしな話だ。お前が立派に義務を果たしても、過去に受けた侮辱は消えぬ。悔しくはないか？　悲しくはないか？　理不尽だと思わぬか？」

その言葉は父上の本音だろう。

皇族が尊重されるのは血筋ゆえ。そしてその身に背負った義務ゆえ。

俺は義務を放棄して、尊重されてこなかった。

だから今更、皇族の義務に縛られるのはおかしいというのはわかる。

だが。

「すべて自分で選んだことです。俺は俺の責任で、義務を放棄して出涸《でが》らし皇子と呼ばれた。それは誰のせいでもありません。そして今回、前線に出るのも俺が選んだことです。義務を感じたからこそ、俺は選んだ。ですが、俺が戦場に向かうのは帝国のためではない。家族と近しい人たちのためです。俺は──家族や近しい人が最期に謝る未来は見たくない」

だから俺は行きます。

そう言って俺は父上に一礼して、そのまま背を向けた。

そんな俺に父上は一言声をかけた。

「……武運を祈る」

「……吉報をお待ちください。皇帝陛下」

そう言って俺は玉座の間を出て、そのまま帝都を発《た》ったのだった。

5

帝国北部の東側。

ゴードンの拠点として使われている中規模都市・ヴィスマール。

この地を治めていた領主は、帝都の反乱に失敗して北部の東に拠点を築きに来たゴードンたちを複数の領主と共に迎撃したものの蹴散らされ、現在はゴードンがこの一帯の主《あるじ》となってい

た。

そのヴィスマールで一番大きな館。そこに連合王国の竜王子、ウィリアムがいた。

「失礼します。調子はいかがか？　ビアンカ殿」

「これはウィリアム王子。調子はいいですよ。あの子も」

そう言ってビアンカと呼ばれた金髪の女性は視線をベッドに移す。

そこには侍女に抱かれて眠る赤子がいた。赤い髪の女の子だ。

すやすやと眠る姿を見て、ウィリアムは優し気に微笑《ほほえ》んだ。

「あなたに似て穏やかなようだ。女の子なのにあいつに似たらどうしようかと思っていました」

「ふふふ、まだまだわかりませんよ。赤子は一日で色々と変わりますから」

そう言ってビアンカは笑う。

その笑みは母になって間もないにもかかわらず、母性を感じるものだった。

女性も出産で変わるのだと感心しながら、ウィリアムは寝ている赤子に近づこうとするが、それを嫌がるようにして赤子はぐずり始めた。

「おっと……嫌われてしまったか……」

「この子は鎧《よろい》の音が嫌いなようです。あの人でも鎧を着て近づけば泣きだしますから」

「なるほど。良い耳を持っている」

そう言いながらウィリアムはそっと距離を取って、ビアンカに目配せする。

話があるのだと察して、ビアンカは席を立ってウィリアムと共に部屋を出た。

隣の別室。

そこでウィリアムは用件を語り始めた。

「お願いされていた連合王国への移動ですが、もうじき許可が出そうです」

「本当ですか？　ありがとうございます」

「いえ、ここもいつ戦場になるかわかりません。あなたの考えはよくわかります」

「……あの人は反対しているのですが……私はここには子供を置いておけません」

「ふっ……どうせ総大将の妻が逃げるなど士気にかかわるとでも言ったのでしょう？」

「よくお分かりですね」

「友ですから」

その言葉にビアンカは心からの安堵《あんど》を覚えた。

ビアンカの夫、ゴードンには信頼できる者が少ない。いまだに友と呼んでくれるウィリアムがいれば、何が起きても大丈夫だと思えた。

「どうか……夫をよろしくお願いします。帝都での敗戦以来、また精神的に不安定になったような気がします」

「それだけショックだったのでしょう。ご安心を。私と連合王国がついています」

「……いずれこの御恩《ごおん》は必ずお返しします」

ビアンカは深々と頭を下げた。

しかし、その内心は複雑だった。

ビアンカがゴードンに嫁いだのは五年も前のことだった。

元々、ビアンカは連合王国の貴族の娘だった。ある日、連合王国の城で歩いているとウィリアムと知らない男性に出会った。

その時は王子と一緒にいる以上は身分の高い人なのだろうとしか思わなかった。

偶然の出会いから数日後、その男性が家にやってきた。

そして唐突に父親に向かって、お嬢さんを妻に娶《めと》りたいと言い放った。

どこの馬の骨とも知らん男に娘はやらんとビアンカの父は激怒し、その男性を追い出した。

しかし、男性はめげずに何度も家にやってきた。

一目惚《ひとめぼ》れだった。妻にするなら彼女しかいない。

あらんかぎりの言葉で男性はビアンカへの愛を説いた。

愚直なまでの男性の姿勢に父親も態度を徐々に軟化させ、最後にはビアンカが良いなら嫁がせてもいいと許可を出した。

その許可が出て、初めてビアンカは男性の前に姿を現した。

前回会ったときは挨拶だけ。初めての会話が求婚とは変な話だとビアンカは呆《あき》れていたが、その男性は真っすぐビアンカを見つめたあとに自己紹介をした。

俺の名は帝国第三皇子ゴードン・レークス・アードラー。あなたに惚《ほ》れた、妻になってほしいと。

そのあんまりな言葉に思わず笑いがこみ上げそうになり、まさか帝国の第三皇子だったとは

と驚愕《きょうがく》する父の顔を見て、ビアンカは思わず吹き出してしまった。

そしてすぐに喜んでと返事をした。

帝国の皇子という肩書を使えば、すぐにビアンカに会えたにもかかわらず使わなかった誠実さ。対面が許されると一転、帝国皇子という立場を明かし、帝国に来ることになるという事実を知らせる配慮。そして真っすぐな言葉に惹《ひ》かれた。

それからビアンカは帝国へと渡り、ゴードンの妻として過ごした。

帝国の皇子、皇女は多かったが結婚していたのは、皇太子と第二皇子のみ。しかも子はなかった。

ビアンカにかかる期待は大きかったが、ビアンカもなかなか子には恵まれなかった。

だが、ようやく第一子を授かった。

妊娠が発覚したときビアンカは幸せの絶頂だった。ゴードンが南部での一件で北部国境に左遷されたときも、その幸せは薄れることはなかった。

周りの反対を押し切ってゴードンについていった。産むときはゴードンの傍でと決めていたからだ。

そして子供は生まれた。

しかし、状況は妊娠が発覚したときとはだいぶ違っていた。

ゴードンは北部の制圧にやっきになっており、ビアンカの傍にはおらず、初孫を楽しみにしていた皇帝とは敵対関係にあった。

どうしてこうなったのか。第三皇子として帝位争いに参加し始めてから、ゴードンはおかしくなっていった。

少なくともビアンカが夫とした男は国に反旗を翻す男ではなかった。

精神的に不安定になったゴードンを増長させたのは連合王国だった。親友であるウィリアムと連合王国の貴族の娘であるビアンカ。

ゴードンは連合王国とはかかわり深く、早くから連合王国はゴードンの支援を決めていた。

あまりにも勝算がなければいくらゴードンでも反乱は起こさない。

だが連合王国が勝算を示してしまった。

だからビアンカの内心は複雑だった。

「恩など感じる必要はありません。むしろ恩を感じているのは私のほうだ」

「ウィリアム王子が恩を？　一体、私が何をしましたか？」

「本当のところ、私は父の命令でも国を動かないつもりだった。ゴードンの計画はあまりに勝算が薄いと感じたからだ。だが、あなたが説得の手紙を書いてくれた」

「夫に書けと言われたからです」

「それでもきっかけになった。今の状況は本当にひどくて、後悔しかないが……あの手紙のおかげで私はここにいる。あのまま動かずにいたら、私は友を見捨てた負い目をずっと感じていただろう。それに比べればどんな状況でもマシだ」

「……だから私の頼みを聞いてくれたのですか？」

ビアンカが無事に出産したことは一部の者しか知らない。

ゴードンは我が子が生まれたことを大々的に喧伝しようとしたが、ビアンカがそれを拒み、ウィリアムがビアンカの頼みを聞き入れてゴードンを説得した。

男児ならまだしも女児ではそこまで士気は上がらない。孫がいると知れば皇帝の性格的に奪おうとして戦力を集中させてくる。

状況が好転するまでは伏せておくべきだと。

そしてその間にウィリアムはビアンカと子供を連合王国に移すために、本国と頻繁に連絡を取っていた。

渋る父を何とか手紙で説得し、その手はずを整えたのは昨日のことだった。

その知らせを届けるために、ウィリアムはわざわざ前線からここまで戻ってきたのだ。

「頼みを聞いたのはあなたの言い分のほうが一理あると思ったからです。お気になさらず」

そう言ってウィリアムは一礼してその場を去ったのだった。

ウィリアムが担当しているのは第八皇子レオナルトが立て籠もる城の包囲。

地上は包囲し、空は竜騎士が監視している。盤石の布陣といえたが、ウィリアムの心から不安は消えない。

レオナルトには帝都でしてやられた。

ゆえに最大級の警戒をしていた。だが、不安の原因はそこではなかった。

「いつ出てくる……？　アルノルト」

帝都でずっと眠っているという第七皇子アルノルト。

それをウィリアムは鵜呑《うの》みにしてはいなかった。

そう思わせて戦場に現れるのではという懸念を常に抱いていたのだ。

「今度は好きにはさせん。合流はさせんぞ。双黒の皇子」

二人を合流させたこと。

それが帝都での最大の敗因だったとウィリアムは判断していた。

あの二人は個人でも危険だが、合流させたらその危険度は跳ね上がる。

今回は絶対に合流させない。

そう決意を新たにしながらウィリアムは愛竜と共に空へ上がったのだった。

6

西部に行くと見せかけ、闇に乗じて北部へ向かった俺たちはターレという中規模都市に到着していた。北部の南側。帝都に近い都市だ。

ここを治めるのはグライスナー侯爵。

飛竜を育てるに適した山岳地帯が領地にあることに着目し、十年以上も前から飛竜と竜騎士の育成に取り組んでいた先進的な人物だ。

ノウハウがない中で苦労しつつも、竜騎士と呼べるだけの戦力を抱えるまでになった。

北部貴族の中では珍しく、親皇族派であり、レオ側についている北部貴族のまとめ役でもある。

北部諸侯連合が敗走したあとは、自らの手勢と共にレオの本隊に合流し、籠城中のレオを支えているそうだ。

そのため、現在領地をまとめるのは長男だった。

領主の館。

「大した歓迎もできず、申し訳ありません……」

「別にいい。むしろされたら困っていたところだ」

そこで長男、バーナー・フォン・グライスナーは困惑した表情を見せていた。

バーナーは二十代前半の青年。

茶色の髪のごく普通の青年だった。それゆえに困惑しているんだろう。

「その……殿下……」

「なんだ？」

「いえ……一つお尋ねしたいのですが……援軍は殿下と付き添いの部隊だけでしょうか……？」

「そうだが？」

露骨にショックを受けた表情をバーナーは見せた。

正直な奴《やつ》だ。貴族の長男でなければ長所だろうが、腹芸ができないと苦労するだろうな。

まぁそこは父親が指導すべき点か。

あえて俺が指摘してやることでもない。

「不満か？」

「いえ……ただ、レオナルト殿下と父は籠城中で、すぐに救援が必要ですので……」

「わかっている。だからここに来た」

ターレは兵糧基地としても機能しており、ここにはレオたちの生命線である兵糧があった。しかし、その兵糧をバーナーは動かせずにいた。

完全にレオたちが包囲されているため、届けることができないのだ。

「中央からの援軍は第六近衛《このえ》騎士隊と少数のネルベ・リッター。大軍は来ない。色々と事情があってな」

「それは重々承知しております。軍部の中で信頼できる軍が少ないということはよくわかっております。ですが……包囲を指揮するのは連合王国の竜王子。少数での突破はおそらく不可能かと……」

皇帝陛下にさらなる援軍をお願いしてはいかがでしょうか？

バーナーの言葉は気を遣っているが、そこには不可能だという確信があった。

まぁ普通は無理だ。

レオの下には数万の本隊がいるわけだが、包囲されている。戦力として期待するべきじゃない。

正攻法としては大軍で包囲を破り、レオたちを逃がすべきだろう。

しかし、それを許す竜王子でもない。

北部貴族たちはウィリアムの恐ろしさをよく知っている。ゴードンが手早く北部の三分の一を制圧できたのはウィリアムがいたからだ。

だが、万能な奴はいない。

「では、できたらどうする？」

「……試してみて失敗しましたでは済みません」

「たしかにやってみなければわからないというのは無責任な言葉だ。やって失敗したらどうするのか？　というのはわかる。だけどな……時にはやるしかない場面もある。座して父親の死を待つか？　俺の派遣は皇帝の命令だ。つまり、俺が失敗しないかぎりは皇帝は動かん。俺たちは動くしかないんだ。家族を救いたいならな」

「ですが！　あまりにも無理難題です！」

「そうだ。盤石の布陣を敵は誇っている。地上は固め、空は自慢の竜騎士団が展開している。指揮官であるウィリアム王子はともかく、大半の敵はこう思っているだろう。どんな敵が来ても問題ない、と。そこが奴らの隙だ」

動ける皇族はもはやいない。皇帝や勇爵が出てきたとしても、大軍を動かせば必ず事前に察知できる。少数では突破はできない。

敵には油断に繋《つな》がる共通認識が出来てしまっている。

レオを上手《うま》く城に追い詰めることができたのがそれを助長している。

「それは自信に裏付けされています……実際、少数での突破は……」

「できるさ。奴らが一番自信を抱く場所を突き穿《うが》つ。とにかくターレの全戦力は俺が預かる。バーナー、お前は俺の存在が外に漏れないように徹底しろ」

「……わかりました。ですが、このターレにはほとんど戦力がありません……」

「それは固定観念に囚《とら》われた見方だな。何事も使い方次第さ」

そう言って俺は座っていたソファーから立ち上がり、その場を去ったのだった。

■■■

次の日。

第六近衛騎士隊隊長、ランベルトがターレに到着した。

先に北部に入っていた第六騎士隊は敵の目を避けるために街とは別の場所に野営の陣を張っていた。

ターレにやってきたのは作戦会議のためだ。

「さて、ラース大佐には道中説明したが、もう一度聞いてくれ」

「はっ！」

部屋にはラースとランベルト、そして俺だけだ。

バーナーは兵糧を動かす準備を始めている。不安ではあるが、とにかくやるしかないといっ

た感じだろう。動いてくれるなら悪くはない。

「敵軍の包囲はほぼ完璧だ。城はぐるりと包囲され、空は竜騎士団が固めている。城の中にいるレオたちに呼応してほしくとも、敗走したうえに包囲で兵糧も断たれている。レオたちだけを逃がすならできなくはないだろうが、本隊は打撃を受けるだろう」

「そうなっては反撃どころではありません」

「そうだ。それに逃げれば北部貴族はレオから離れる。それがわかっているから、レオは撤退せずに籠城を選んだ。だからこそ、俺たちもその姿勢を崩さない。大軍が手元にない以上、包囲を完璧に破るのは不可能だが、一部だけなら破れる。兵糧さえ届けることができれば、レオはまだまだ持ちこたえるだろう。そうなれば竜王子はレオから目を離せない」

「言いたいことはわかります。ですが、その兵糧を届ける方法が難関です」

「そうでもない。やることは簡単だ。兵糧を空から運ぶ。その護衛を第六近衛騎士隊に頼みたい」

俺の計画を聞いたランベルトは顔をしかめた。

言いたいことはわかるが、危険すぎる。そう言いたいんだろう。

まぁそりゃあそうだろう。

空からは来ないと敵は思っている。だから奇襲はできるだろう。

だが。

「ターレに残っている飛竜は大型で、兵糧を運ぶには適しています。しかしその分、鈍重です。

重たい兵糧を持っていれば、余計にです。降下する前に敵に墜《お》とされるかと」

「守り切れないか？」

「数万規模の軍を維持する兵糧です。大型の飛竜は力がありますから、相当な荷物を運べるでしょうが、それでも短時間では終わらないでしょう。それまで制空権を我々だけで維持するのは無理があるかと」

「まぁ、そうだろうな。だが、空が手薄になるならどうだ？」

「……手薄にできるのですか？」

質問に質問を返される。

それに対して俺はニヤリと笑って頷《うなず》く。

「敵軍がやっているのは兵糧攻めだ。有効な手段だが、欠点もある。包囲する大軍を維持する兵糧が必要だということだ」

「なるほど。こちらも兵糧攻めをするということですね？」

「兵糧攻めってほどじゃない。ただ、俺たちだけ兵糧について考えるのは不公平だろ？　敵にも考えてもらおうと思う。その役目はラース大佐とネルベ・リッターに任せる」

「お任せを。敵を慌てさせるだけなら余裕でしょう」

敵軍は攻撃がないと思っている。

だから後方にある兵糧が焼かれたりしたらどうする？

最も速度が出る部隊が急行する。

つまり竜騎士団が出張るというわけだ。

ウィリアムなら陽動だと見破るかもしれない。だが、見破るなら結構。竜騎士団が動かないなら徹底的に兵糧を焼く。

レオ達も辛《つら》いだろうが、向こうも辛くなる。

数万の軍を養う兵糧だ。すぐに用意はできまい。

連合王国と帝国北部の間には藩国があり、兵糧はそこからやってくる。

だが、藩国は治安が悪く、貴族たちの質も悪い。しかもさらに国内が混乱するように手は打ってある。

兵糧の受け渡しだけでも相当苦労するはずだ。

「しかし殿下。敵軍の兵糧を焼くというのは妙策ですが……どこにあるかわかるのですか？」

「そんなもの知るわけないだろ？」

「……」

ランベルトの表情が固まる。

まさか知らないと返されるとは思わなかったんだろう。

その顔を見て、ラースが笑いだす。

「殿下はお人が悪いですな」

「素直に答えただけだ。まぁ言っていないこともあるが」

「方策があるのですね？」

「方策ってほどじゃない。数万単位の軍を養う兵糧だ。相当な量になる。つまり兵糧基地はどうしたって場所が限られる。ましてやレオが籠る城の近くには敵側の街がない。やつらは仮設の兵糧基地を作るしかない。なるべく敵にばれない場所に、な」

「なら敵軍の配置を見れば予測はできる。

そう告げるとランベルトは驚いたように目を見開くのだった。

作戦は決まった。

あとは機を見て動くだけだ。

すでに敵軍の配置についてはセバスに探らせている。

情報と敵の動き次第で作戦決行となるはずだ。

それまでの間、ターレの街は忙しい。

なにせ兵糧をまとめなければいけない。

「大型飛竜が約三百頭か」

小回りを利かせるために、飛竜は必要以上に大型化してはいけない。

しかし手探り状態だったターレでは竜騎士の騎竜に向かない大型飛竜が数多くいた。その数は三百。一頭でも馬車五台ほどをつるして飛べる力を持っている。

単純計算で馬車千五百台分の兵糧を空から運べるということになる。

もちろん、そのまま馬車をつるして飛ばすわけじゃない。

大型飛竜が運びやすいように、馬車の荷台部分を連結させている。

大型飛竜に乗るのは竜騎士の候補生。即戦力の竜騎士はほとんど前線に出ているため、養成中の竜騎士を使うしかないのだ。

とはいえ、厳しい訓練を行っている候補生だ。荷物を運んでいるとはいえ、安定して飛竜を飛ばすくらいは簡単にやれる。

だから輸送隊の問題はほとんどない。

むしろ俺が少々心配なのは、露払いである第六近衛騎士隊のほうだ。

実力は問題ない。だが、どこまでいっても少数だ。

空戦において大きなアドバンテージを見せる六一式があるとはいえ、制空権の確保には時間を要するだろう。

その間に陽動に引っかかった竜騎士たちが戻ってきかねない。

制空権を維持できなくなった時点で、輸送は中断。

ある程度の兵糧を届けることはできるだろうが、それが満足できるものになるかどうかは、出たとこ勝負になる。

「レオの下にいる竜騎士たちがどれほど使えるかもわからないしな……」

呟《つぶや》きながら空を見上げる。

空では竜騎士たちが模擬戦のようなことをしていた。彼らの動きはお世辞にもスマートとはいいがたい。訓練を始めたばかりといったところか。多分、作戦にも参加させられない見習いだ。

しばしそれを観察していると、あることに気づいた。

その模擬戦は一対多の模擬戦だった。

一騎の竜騎士に対して、五騎の竜騎士が挑んでいる。

だが、逃げる一騎の竜騎士に挑む五騎は手も足も出ないといった様子だ。

理由は明白。速いのだ。とにかく。

直線的速度はもちろん、旋回速度が違いすぎる。後ろを取ったと思ったら、すぐに後ろを取り返されてしまっている。

戦場なら五騎はとっくに全滅しているだろう。

教官役とでもいうべき一騎の竜騎士は、珍しい白い飛竜に跨《またが》っていた。だがその白い飛竜はとにかく小さかった。通常の飛竜よりさらに一回り小さい。

それに跨る竜騎士も小柄だ。

だが、その小ささを生かして空を縦横無尽に駆け回っている。

五騎を相手にしながら、まるで本気じゃないという雰囲気が伝わってくる。

「ベテランの竜騎士は戦場に出ているはずだが……」

あれほど飛竜を巧みに操る竜騎士は、連合王国とてそうはいないだろう。それにあの小型の飛竜の機動力、運動性は天隼《てんしゅん》に匹敵するか、上回るかもしれない。

バーナーはこのターレには戦力がないといった。つまりあの竜騎士は戦力として見られていないということだ。

何か事情があるんだろう。

そう思いつつ、俺は模擬戦を終えて降下する竜騎士の下へと歩き始めたのだった。

## 7

たどり着いたのは飛竜たちの竜舎だった。

そこでさきほどの竜騎士と思われる小柄な少年が、白い飛竜に餌を与えていた。

年は十六、七歳だろうか。

小柄で童顔なため、正確な年はわからない。顔は整っており、少女のように見えなくもない。

だが、竜騎士として鍛えているのか、細いながらも体は引き締まっている。

背は俺のほうが高いが、力比べじゃ勝ち目はないだろうな。

重そうな餌も軽々と持ち上げ、楽しそうに白い飛竜へ与えている。

「今日も頑張ったね、ノーヴァ」

「キュー！」

竜騎士が頭を撫《な》でると、白い飛竜は嬉《うれ》しそうに目を細め、もっと撫でろといわんばかりに頭をこすりつけていく。

「懐かれているんだな」

唐突にそう声をかけると、竜騎士の少年が振り返る。

キョトンとした様子で俺を見たあと、少年はフッと笑った。

「どなたでしょうか？」

「どなたでもいいだろ。さっきの模擬戦を見て、気になってやってきたんだ」

「ああ、なるほど。彼らは新人ですから」

「新人相手なら五対一でも余裕なのか。ターレの竜騎士はすごいな」

そんなわけがないと承知で俺は呟く。

相手がいくら新人でも、五対一ならそんな余裕はないだろう。余裕だったのは、この白い飛竜が圧倒的な能力を誇っており、この竜騎士の少年がそれを巧みに扱えるだけの技量を持っていたからだ。

ほかの竜騎士ではああはいかない。

それは少年もわかっているんだろう。苦笑して肩をすくめている。

「名を聞きたい。白の竜騎士殿」

「名乗るほどの者じゃありませんよ」

「そこをなんとか」

「……変な人ですね。俺の名はフィン。フィン・ブロストです」

物腰柔らかなのに一人称は俺なんだな。

意外だった。僕とか私だと思ってた。まぁそんな一人称を使うと女に間違えられるから嫌だとかそんなところだろうか。

そんなことを思っていると、竜騎士のフィンは白い飛竜に視線を移す。

「この子はノーヴァ。俺の相棒です」

「キュー！」

相棒という言葉に反応したのか、ノーヴァは嬉しそうに鳴いた。

それを見て俺は違和感を覚えた。

しばらくその違和感がなんだか気になっていたが、少し考えてから理解する。

この状況が違和感なのだ。

「……飛竜は高い魔力を持つ者を嫌うと聞いてたんだが？」

鷲獅子《グリフォン》にせよ、天隼にせよ、高すぎる魔力を持つ者は嫌う。

鷲獅子と天隼は近づくだけなら問題ないが、飛竜は違う。魔力の高い者が近づくだけで威嚇するほどだ。

そのため、帝国の皇族は飛竜に嫌われやすい。訓練された飛竜が人をむやみに襲うということはあまりないが、それでも近づくなと言われるほどだ。

俺は皇族の中でも飛びぬけて魔力が多い。レオが乗る鷲獅子に乗れたのは、レオがいたというのと、そもそもあの鷲獅子が魔力の高いレティシアに育てられたからだ。

一人じゃ耐性のあるあの鷲獅子でも乗せてくれないだろう。

それなのに。

ノーヴァは気にする様子もなく鳴いている。しかも、だ。

見た限り、フィンも相当魔力が高い。

「この子は特殊なんです。俺でも乗せてくれるくらいですから」

「……それが君がここにいる理由か」

「……そうです。俺はノーヴァにしか乗れません。そしてノーヴァは小柄で速い分、接近戦はできません。槍《やり》と槍がぶつかりあっただけで吹き飛ばされてしまうんです。だから俺とノーヴァは戦場に出れないんです……」

悔しそうにフィンはそう語る。

そんなフィンを慰めるようにノーヴァが額を何度もこすりつけた。

空戦の基本は長槍による突撃。交差の度に弾《はじ》かれていては、たしかに戦えないだろう。

戦えない飛竜とその飛竜にしか乗れない竜騎士か。

不憫《ふびん》だな。

いや、不憫だったというべきか。

「もしも……戦えるなら戦いたいのか？」

「もちろんですよ！　俺は十年前から竜騎士になるために努力してきた！　ノーヴァが幼竜の頃から育てて、ここまで来たんです！　戦いがすべてじゃないとみんなは言う！　けど！　幼《おさな》馴染《なじみ》同然に育った周りの竜騎士たちはみんな戦場にいる！　俺だけ残された！　技術なら負けない！　ノーヴァだって速さなら負けない！　戦う術《すべ》さえあれば俺たちは色んな人を助けられる！　けど……俺たちは戦えない」

「……」

「ずっと夢だった……グライスナー侯爵家の竜騎士として戦うのが……でも、自分の故郷が危機でも、大切な幼馴染たちが戦場に向かっても……俺はここにいる……」

感じるのは無力感。

自分の努力が実らなかった絶望感。

そして幼馴染への想《おも》い。

同じものを俺は感じたことがある。

だから、俺はフィンに告げた。

「……戦えるなら何でもできるか？」

「え……？」

「答えろ、竜騎士フィン。戦えるなら何でもできるか？　幼馴染を助けにいけるなら何でも捨てられるか？」

「……あなたは一体……？」

俺の質問の意味がわからず、フィンは困惑する。

そんなフィンに俺は改めて告げた。

「──俺の名前は帝国第七皇子、アルノルト・レークス・アードラー。問おう、竜騎士フィン。戦えるなら……夢を捨てられるか？」

俺の名乗りを聞き、フィンはポカンとした顔を浮かべていた。

その様子に俺が苦笑したところで、フィンは我に返って膝をついた。

「!?　で、殿下とは知らず、ご無礼を！　申し訳ありません!!」

「出涸《でが》らし皇子に礼儀は不要だ。膝をついている暇があるなら、質問に答えてくれ。夢を捨てる覚悟はあるか？」

「それは……グライスナー侯爵家の竜騎士をやめろということでしょうか……？」

「そういうことだな」

戦う術は与えられる。

だが、それをしたらフィンの夢は叶《かな》えられない。

キューバー大臣が発明した六二式。本来ならレオに使わせるつもりだったが、フィンはレオ以上に適任だ。

速度と技術に優れた竜騎士。中、遠距離の射撃兵装との相性はばっちりだろう。

懸念点の魔力も問題ない。

兵器の開発が進めば、戦場の常識は変わっていく。

空戦は近接戦という常識は覆され、飛竜はより小型で機動力を求められていくだろう。

今までは飛竜は魔力の高い人間を嫌うということで、魔力の高い竜騎士は生まれないし、作ろうともしなかったが、これからは飛竜に慣れさせ、そういう竜騎士を作る時代になる。

帝国の魔導杖《じょう》が今までの竜騎士を時代遅れに変える。

いや、帝国の魔導杖とフィン、そしてノーヴァの組み合わせがというべきか。

今日まで劣等だったフィンとノーヴァは六二式を使えば、これからの見本となる存在に変わる。飛竜と竜騎士の育成には時間がかかることを考えれば、今後十年は空に君臨できるだろう。

だが、そこに問題がある。

帝国の最新鋭試作兵器を使う竜騎士。しかもそれを使えば圧倒的活躍が予想される。そんな竜騎士が一介の侯爵に仕えるなど許されない。ただ強いというだけではなく、これからのことを考えてフィンは貴重な存在となるからだ。

だからフィンが戦うことを選ぶなら、グライスナー侯爵家の竜騎士ではいられない。

「夢のために努力した。しかし、その夢はお前にはあまりにも小さい。戦いたいというなら俺の騎士になってもらう。それがお前に戦う術を与える条件だ」

「……」

「出陣には時間がある。とはいえ、いつまでも待ってはいられない。今日中に決めることだな」

そう言って俺は踵《きびす》を返す。

だが、フィンは俺を呼び止めた。

「お待ちください！」

「……答えは決まってるのか？」

「……決まっています。夢はグライスナー侯爵家の竜騎士となることでした。ですが……このままそれに縋《すが》って、ここにいれば俺は後悔することになる。共に育った仲間を助ける力があるなら……どうかこの俺にお与えください」

そう言ってフィンは膝をついたまま頭《こうべ》を垂れた。

すぐに決断したのは大したもんだ。

でも、迷いがないわけじゃない。だが、それでいい。

長年の夢をすぐに諦められるような奴《やつ》は信頼できない。

仲間の命と天秤《てんびん》にかけてフィンは選んだ。

その覚悟には褒美が必要だろう。

「よく言った。では、今からお前は俺の騎士だ。そして覚悟しろ。お前に与える力は強大で、良くも悪くも目立つだろう。味方は信頼し、敵はお前を倒すことに執念を燃やす。ただ戦場に出るだけじゃない。お前は帝国の武威を背負わされる。少しでも怖いと感じるなら今ここで辞退しろ。そのほうが穏やかに暮らせるぞ？」

「……穏やかに暮らしてなんになりましょう？　飛竜の維持にはお金がかかります。いずれノーヴァは用済みとなり、見捨てられます。俺はそっちのほうが怖い。価値を示さなければ俺は相棒を失う。ここで戦うことを選ばなければ……仲間も、相棒も、自分への信頼も。すべて失います。それに比べればその程度、どうということはありません」

そう言ってフィンは顔をあげた。

その目には強い意志が宿っている。

これからのリスクをすべて飲み込んで、それでも前に進むことを決意した強い目。自暴自棄でも、蛮勇でもない。

確かな自信と決意がその目には見て取れる。

良い目だ。

「ついてこい。さっそく試してもらおう」

そう言って俺はフィンを連れて領主の館へ向かったのだった。

8

「六二式魔導戦杖。本来は俺の弟であるレオに渡すはずだった、帝国の最新鋭魔導兵器だ。一本しかないから大事に使え」

「実戦に耐えられる魔導杖が……完成していたんですね……」

感激といわんばかりにフィンは六二式へ触れる。

そしてそのまま持ち上げてみせた。

「重いですね……自由に動くのは難しい」

「だが、竜騎士なら問題ない」

「……素晴らしいアイディアです。これで空戦は変わります」

「考えたのは宰相だ。それに変えるのはアイディアじゃない。お前とノーヴァだ」

空を飛ぶ騎士たちに魔導杖を持たせたら強いんじゃないか？

そんなの子供でも思いつく。なにせ、空飛ぶ魔導師は強いからだ。しかし、空を自在に飛べ

る魔導師なんてそうはいない。

近衛《このえ》騎士団の中にはそれなりにできる者たちはいるが、彼らは特殊だ。

毎回毎回、彼らを前線に引っ張り出すわけにもいかない。

だから魔導杖が開発され、それがまず第六近衛騎士隊に与えられた。結果が良好なら、いずれはターレの竜騎士たちにも与えられただろう。

だが、それは早くても数年後だ。六一式にも改善点は多いからだ。

この段階でフィンがこの魔導杖を受け取るのは異例中の異例。

ぶっちゃけ怒られても仕方ない案件だ。

「……感謝します」

「感謝はいい。感謝で勝てるわけじゃないからな」

そう俺がフィンに伝えると、廊下から騒がしい声が聞こえてきた。

それは領主代理のバーナーと第六近衛騎士隊長のランベルトだった。

二人にはさっき伝令を出していた。

バーナーにはグライスナー侯爵家の竜騎士、フィンは俺が預かると伝え、ランベルトには、面白い竜騎士がいたから六二式を使わせると伝えた。

さすがにぶっつけ本番で戦場には出せないから、第六近衛騎士隊に模擬戦の相手をしてもらうつもりだ。

「なにやら騒がしいですが……」

「領主代理が怒ってるんだろう。自分の家の竜騎士を勝手に取られたから」

そう俺が言った瞬間。

部屋の扉が開け放たれた。

そこには明らかに不満顔のバーナーがいた。

「殿下！　我が家の竜騎士を殿下が預かるというのはどういうことですか⁉　詳しくご説明を！」

「そのままだ。フィンは俺が預かる。返すつもりもない。この内乱が終われば正式に皇族直下の竜騎士とする」

「そんな勝手な⁉　臣下の騎士を皇族の方が奪うなど！」

「戦力として期待せず、腐らせておくよりはいいだろう。お前たちにはフィンを活《い》かせない。せいぜい偵察と伝令をやらせるくらいだろう？　もったいないことは嫌いなんだ」

「それは理由にはなりません！　あまりにも勝手です！」

「勝手で結構。言ったはずだぞ？　ターレの全戦力は俺が預かる、と。文句があるなら戦後にしろ」

バーナーの訴えを撥《は》ね除《の》け、俺は視線をランベルトに移す。

ランベルトは不満という顔ではない。ただ、フィンを値踏みしているようだった。

「力試しが必要だろ？　ランベルト隊長」

「もちろんです。作戦に参加させるならば部下の納得も必要ですから。実力があるならば認め

ます。戦力を遊ばせておく余裕はありませんので」

「よろしい。模擬戦をする。そちらは何人か選出しろ」

「……一対一ではないのですか？」

「一対一で勝てるのか？」

近衛騎士が負けるというのは不名誉なことだ。たとえ模擬戦でも。

そして適当な相手に勝っても納得しない者が出てくる。

大事なのは納得。ならば強い奴を倒すに限る。

俺の意図を察したのか、ランベルトは苦笑しながら頷《うなず》いた。

「ではうちの副隊長を出しましょう」

「だそうだ。近衛騎士隊の副隊長。相手にとって不足はないな」

いきなりとんでもない相手と模擬戦をすることになったフィンは、顔をひきつらせる。

だが、その目は怖気《おじけ》づいてはいない。

これは面白いものが見れそうだ。

ターレの街から少し離れた訓練場。その空で二人の騎士が模擬戦を行っていた。

空戦は通常、幾度も交差する。

攻撃するためには近づかなければいけないからだ。

だが、今回の空戦はあまり交差がない。

互いに距離をとっても攻撃できるからだ。

「実際、副隊長はどれぐらい強いんだ?」

「自分の次に天隼《てんしゅん》の扱いは上手《うま》い男です。六一式の訓練でも優秀な成績を残しています」

「つまり勝てば戦力ということだな?」

「いえ、渡り合ってるだけで十分、戦力です」

空を見上げながらランベルトは真剣な表情を浮かべている。

その表情を見る限り、副隊長が手を抜いているというわけではなさそうだ。

空での戦いは全くの互角だった。互いに後方の取り合いをしつつ、隙を見ては魔導杖で魔法を放つ。

ルールは一撃でも当てれば勝ち。

威力を調整するため、互いの魔導杖からは宝玉を外してある。訓練用の状態だ。

当たっても痛い程度で済む。

六一式が放つのは火球だが、六二式が放つのは雷撃。威力、速度ともに六二式のほうが優れているが、今はそこまで差はない。

つまり、フィンとノーヴァは実力で渡り合っているということだ。

「さすがにすぐには決着がつかないか?」

「どうでしょうか。副隊長は対応するだけで手いっぱいのようです」

「手いっぱい? ならなんで互角なんだ?」

「フィンが強引に攻めて隙を作りたくないと思っているからでしょう」

「……意外に慎重だな」

「大事なことです。しかし、空では思いきりの良さも必要です」

そうランベルトが言った瞬間。

フィンが動いた。

円を描くような軌道から、一気に上昇して宙返りを始めたのだ。

横から強引に縦の動き。

副隊長は後ろを取られまいと旋回を始めるが、高速で動く騎獣はその場で後ろを振り向くことができない。

どうしたって動きが膨らむ。

なにより、副隊長の天隼とノーヴァとでは決定的に運動性能の差があった。

小回りという点でノーヴァのほうが利くのだ。

「単独で天隼に勝てる飛竜などいないと思っていましたが……世界は広いようで狭いですな」

「帝国にいたな」

副隊長の旋回中に背後を取ったフィンは、そのまま距離を詰める。

魔導杖《じょう》は距離を取って攻撃できるが、それでも高速で動く相手が目標だ。

距離を縮めたほうが命中率は高い。

そんなフィンの動きを予測していたのか、副隊長は魔導杖を無理やり片手で操り、背後に火球を放つ。

通常、腰に固定している魔導杖。それを片手で扱うあたり、大したもんだ。

しかも狙いは正確。

経験の差が出たかと思ったが、フィンはその場で横向きに回って火球を回避してみせた。

「あの速度で横転をやるのか……！」

「すごいのか？」

「やってみますか？　空に投げ出されますよ」

「俺を後ろに乗せているときはやるなと言っておこう」

副隊長の一撃を回避したフィンは、悠々と副隊長に雷撃を浴びせる。

そして二人はそのままゆっくりと降下してきた。

「どうだ？　副隊長」

「どうもこうもありません。見た通りです。完敗ですよ」

ランベルトの質問に副隊長は苦笑しながら答える。

その顔は負けたのに清々《すがすが》しいものだった。

所詮は模擬戦。戦場では味方だしな。頼もしいとすら感じているんだろう。

そもそも近衛騎士は実力主義だ。

強い者を認めることに抵抗はない。相手がたとえ竜騎士であったとしても、だ。

「よくやった。竜騎士フィン」

「はっ！　殿下からお預かりしたこの六二式のおかげです！」

「謙遜はよせ。武器の性能に大して差はない。それに、戦場じゃ武器の性能も実力のうちだ」

「そのとおり。見事だったぞ、フィン。どうだ？　この戦いが終わったら近衛騎士になる気はないか？」

「え？　あ、その……」

ランベルトは素直にフィンを褒め、そのまま勧誘を始める。

別に近衛騎士になることは悪いことじゃない。

だが。

「第六近衛騎士隊は天隼の部隊だ。竜騎士が入ることは反対されるだろうな」

「そこは殿下から口添えを」

「嫌に決まってるだろ。大臣たちから小言を言われる。それより別の近衛騎士隊のほうがスムーズに入れる」

「ほかの隊ではフィンが孤立します。やはり我が第六近衛騎士隊に！」

「だそうだが？　だいぶ熱心だぞ？」

「その、俺は……殿下の意向に従います」

ランベルトに気を遣いつつ、そうフィンは頭を下げた。

そういわれてはランベルトも何も言えない。

不満そうな顔はしつつも、その場での勧誘はやめた。

だが、不満顔なのはランベルトだけではない。

「フィン！　お前は我がグライスナー侯爵家の竜騎士だ！　皆と戦うのがお前の夢だったはず！」

　領主代行のバーナーはフィンに近づき、そう説得を開始した。

　不敬といえば不敬だが、臣下の騎士を奪うというとんでもない無礼を働いたのは俺なので、文句を言うわけにもいかない。

「バーナー様。たしかに夢でした。今もグライスナー侯爵家への恩義は忘れておりません。ですが、俺は戦いたいんです。皆のところに行きたいんです。どうかご理解ください」

「お前が望めば殿下も強制はしない！　お前は強い！　それを証明したんだ！　さっきまでとは状況が違う！」

　フィンが強いと分かった以上、作戦に組み込むのはほぼ確定だ。

　今更、フィンから六二式を取り上げることはできない。

　その立場を利用して、意見を述べろとバーナーは諭す。

　必死だな。まぁ当然か。

　竜騎士は貴重だ。育てるまでに十年はかかる。それを引き抜かれるだけでも問題なのに、フィンは新たな力を示した。

　これから敵も味方も注目する存在になるだろう。

　それを領主の留守中にまんまと皇子に奪われたとあっては、バーナーの失態となる。

　受け取り方次第ではバーナーに不満があったから出ていったともとれるからだ。

実際、バーナーは戦力にはならないとフィンを判断していた。大型の飛竜たちも同様だ。それをどう生かすかを考えなかった。そこらへんが凡庸という評価につながる。

「バーナー、もう諦めろ」

「殿下は黙っていてください！　そもそも臣下の騎士を奪うのが皇族のやるべきことですか⁉」

「引き抜きなら今までもあった」

「それは互いの合意があった場合です。領主にも話を通さず、騎士を自らの下に加えるなど越権行為ですぞ！」

「そうかもしれないな。じゃあ問題にするか？　俺が帝国の最新鋭試作兵器を与えた竜騎士フィンは、自らの騎士だと皇帝に訴えてみろ。誰もがグライスナー侯爵家が試作兵器欲しさに訴えたと思うだろう」

「っっ‼　それでもかまいません！　フィンは我が家の竜騎士です！　竜騎士である妹は将来、フィンを正式に竜騎士の指南役にと考えておりました！　勝手はしないでいただきたい！」

竜騎士の妹？

グライスナー侯爵の娘は竜騎士だったか。

なら、今はグライスナー侯爵と共にレオの下か。

そんなことを思っていると、フィンが少し視線を落としているのに気付いた。

副隊長との模擬戦でも気後れしなかったのに、どういう風の吹き回しやら。

よっぽどその竜騎士のお嬢様が怖いのか。

それとも——。

「まぁいい。この話はあとだ。文句があるなら受け付けるが、作戦を成功させるのが先だからな」

「……後回しにしてうやむやにはしないでいただきたい」

「約束しよう。必ず話し合いの場を設ける。もっとも結果は目に見えているがな」

そう言いながら俺はフィンの傍《そば》によって、フィンにだけ聞こえるようにつぶやく。

「お嬢様のために前線に行きたいのか？」

「なっ⁉　ち、ち、違います！　俺は皆のために！」

「そういうことにしておこう」

慌てるフィンをニヤニヤと見ながら、俺はその場をあとにしたのだった。

## 9

「では作戦を説明する」

そう言って俺はランベルトたち空戦部隊に作戦の説明を始めた。

敵軍の動向を探っていたセバスが戻り、敵軍のおおまかな配置はわかった。

それをテーブルに広げられた大きな地図に駒として置いている。

「とりあえず、敵味方のおさらいだ。レオが籠るのはディック城。まぁ城といっても実態は強固な要塞だ。元々、帝国国境がこの辺にあったときに作られたものを増改築していったものだからな」

「防御は完璧ということですな？」

「そうだ。現在、敵軍はこのディック城を包囲しているが、なかなか城攻めが進んでいない。理由はディック城の傍にある支城を落とせていないからだ」

ディック城は堅牢《けんろう》な防御拠点だ。

だが、それでも毎日激しい攻撃にさらされれば消耗を強いられる。

しかし、本格的な城攻めに入るには支城を落とさなければいけない。

支城を放置すれば、包囲を崩されかねないからだ。

「ディック城の支城は丘上にある。レオはこの城に精鋭三千を配置して、敵軍の動きを阻害している。上下の連動で敵を揺さぶっているわけだな。敵は包囲直後は何度か挑んだらしいが、全部跳ね返され方針転換を余儀なくされた」

丘上を取られている以上、敵は地の利を得られない。

支城を先に落とそうにも、支城がある丘は攻めづらく守りやすい。

大軍の利も生かしづらく、無理に攻めれば出血を強いられる。

本城の攻略前に被害が増えれば、本城攻略が不可能になる。

だから敵軍は兵糧攻めに切り替えた。

「この支城が健在なうちはディック城も無事だ。しかし、敵はそのうち軍を増強する。その前にレオ達に兵糧を届ける。兵糧がなければ移動もできないからな」

同時に敵の兵糧もできるだけ焼きたい。

兵糧がなければ動けないのは敵も同様だからだ。

現在の状況はそんなところだ。

そしてここからが本題。

俺は地図上に目を向けた。

敵はディック城を包囲し、支城に抑えの軍を置いて動きを封じている。

その後ろには予備軍がおり、そのさらに後ろには山が広がっている。間違いなく兵糧基地はこの山々の中にある。

問題はどこにあるか、だ。

「兵糧基地は山の中にある。しかもかなり見つけにくい」

「山にあると絞れたならば我々が空から偵察したほうが確実ではありませんか？」

「見つけにくいってことはそこそこ移動も不便ってことだ。そんなところに兵糧基地を作ったのは空を移動できる竜騎士団がいるからだ。監視は地上よりも空のほうが厳しい」

「なるほど……では地道に探すわけですね？」

ランベルトの言葉に俺は首を横に振る。

そんな時間はない。

さっさと動かなければこっちが何かしようとしていると悟られる。

時間はかけない。

「地道に探すのは見つかる危険を増やすだけだ。今回は予測で動く」

「予測が外れた場合は？」

「外れんから平気だ」

そう言って俺は地図上にいくつも小さな駒を置いていく。

それは確認された小部隊だ。

おそらく兵糧基地からの連絡部隊や輸送部隊。

それらを置いていき、そいつらがどういうルートで動いたかを頭の中でシミュレーションしていく。

Aの山に兵糧基地があったと仮定して、どこかの部隊の動きに違和感や無理があった場合、Aの山に兵糧基地がある可能性は低い。

そうやっていくと浮かび上がるのは一つの山だった。

確認された部隊の動きがまったく無駄なくつながる。

広がる山々の中の端。そこにある山を俺は指さす。

「敵の兵糧基地はここにある」

「失礼ですが、根拠は？」

「確認された小部隊がそう示している。兵糧基地を移動しづらい場所に隠した以上、輸送部隊

に偽装ルートを辿《たど》らせることはまずない。そこまで入念にするほど向こうは劣勢じゃないし、そんなことをすれば兵糧の輸送が大幅に遅れる。だから周りにいる部隊の動きを見れば、ここだという結論に行き当たる」

「……私が聞いた話では殿下は戦術論の成績が非常に悪かったはずですが？」

「サボるか寝てたからな。それに戦術論なんて必要ない。相手の動きを予測しただけだ。セオリーなんて知らなくてもどうにかなる」

戦術論なんていうのは今まで行ってきた戦争の蓄積だ。

それをよく知っていれば応用も利くだろうが、別に知らなくてもどうにかなる。

まぁ俺は爺《じい》さんに古代魔法を学んだときに、それも学ばされているからそこそこ知っているんだが。

それをわざわざ説明してやる必要もないだろう。

「兵糧基地への奇襲はネルベ・リッターに任せる。途中までは俺も同行し、作戦後に俺たちは北部貴族の説得に回る」

「作戦が失敗した場合もですか？」

「失敗した場合でも、だ。兵糧基地がなく、竜騎士団を引き付けられなかった場合、ネルベ・リッターはそのまま後方かく乱に入る。そうなれば少しは敵軍の目を引き付けられる。その間に運べるだけ兵糧を運べ」

「簡単そうに言いますね……」

「お前たちならできると思っているからな。さて、これが俺の行動予定だ。問題はお前たち」

竜騎士団を上手《うま》く引き付けられたとしても、ディック城の周りにはこちらを上回る竜騎士がいるだろう。

質で上回っても数は向こうが上。

それをどうにか埋める必要がある。そしてそのための策だ。

「騎獣の優位、武器の優位、そして技術的な優位。優位はこちらにある。だが、できれば損害なく勝ちたい」

「求めすぎでは？」

「求めて悪いことはない。さて、ここで敵軍のことを考えてみよう。包囲中、常に竜騎士が空を警戒しているだろうか？　答えはしてない、だ。少数が警戒しており、大多数は地上にいる」

飛竜はずっと飛んでいられるわけじゃないし、竜騎士の集中力も持たない。

交代制で警戒に当たっているはずだ。

だから。

「フィン。お前は単騎で先に突撃し、この地上待機組の竜騎士たちを攻撃しろ。できれば飛竜にダメージを与えたい。空にあげなきゃそれでいい」

「お、俺だけですか……？」

「そうだ。数万の軍に単騎で突撃しろ。空からしれっと奇襲して、ディック城の上空まで戻ってこい。当然、敵はお前を追うだろう。それを今度は第六近衛《このえ》騎士隊が集中砲火で迎撃する」

フィンの役割は二つ。

敵飛竜の無力化と囮《おとり》。

ディック城の上空に逃げるフィンを追撃すれば、敵は上昇することになる。

それを第六近衛騎士隊が降下しながら撃ち落とす。

上手くいけば相当数の竜騎士を始末できるだろう。

「天隼《てんしゅん》の姿を見れば、第六近衛騎士隊だと悟られる。それに六二式の火力が必要だ」

六二式にはモードがある。

一本の雷魔法を放つ通常モードと複数の雷魔法を同時に放つ拡散モードだ。

後者は魔力を多く消費するが、多くの敵を一度に倒せる。六二式だけのモードだ。

今回の作戦にはピッタリだろう。

「どうする？　嫌なら別の作戦を考えるが？　初陣から敵軍への単騎突撃なんて聞いたことないし、断っても不名誉じゃないぞ？」

「……殿下は俺にできるとお思いですか？」

「余裕だと思ってるが？」

俺の言葉を聞き、しばしフィンが押し黙る。

そしてゆっくりと口を開いた。

「……やります。やらせてください」

「失敗すれば作戦の成否に関わる。自信はどうだ？」

「……自信はわかりません。ですが、確信できることは一つあります」

「ほう？　それは？」

「ノーヴァはどんな騎獣よりも速いです。攻撃して逃げることはできるかと」

その言葉を聞き、俺は一つ頷《うなず》く。

怖気《おじけ》づいてないなら問題ない。

「じゃあ決まりだな。この作戦で行く。任せたぞ」

俺の言葉を受け、その場にいた全員が返事をしたのだった。

10

作戦は決まった。

しかし、すぐに決行はされない。

まずネルベ・リッターが敵軍に悟られないように敵後方に移動しなければいけないからだ。

ラースが入念に確認した結果、敵にばれないように背後を取るには二日かかるという結論に至った。

だからこれから俺とネルベ・リッターは先に出陣する。

「ご武運をお祈りしております。殿下」

「そっちもな、ランベルト隊長」

「我々は平気です。最悪、撤退すればよいだけですから。しかし、殿下はネルベ・リッターと共に行動します」

「途中まで、な。奇襲自体はネルベ・リッターが行う。俺は兵糧基地の最終確認をしたら、離れたところで待機だ」

「それでも敵に近づくことには変わりありません。やはり危険では？」

少数の部隊しか連れていない以上、ランベルトが心配するのは無理ない。

なにせ本来、俺の護衛はランベルトたちの仕事だ。

自分の安全に関しては絶対の自信があるから、ついつい前に出ること前提で作戦を考えてしまったが、周りへの配慮に欠けていたな。

「危険は危険だが、ネルベ・リッターが帰還するのを待っていたら時間がかかりすぎる。それに北部貴族を説得するとなれば、前線近くの貴族にも会いにいくことになる。どうであれ危険は避けられんさ。安心しろ。ネルベ・リッターは万能部隊だ。俺を逃がすだけならどうにかしてくれる」

「楽観的ですね……どうかお気をつけて。このままではあなたを馬鹿にする者を見返せませんから」

「見返す気なんてないさ。俺は出涸《でが》らし皇子という呼び名は嫌いじゃない。それに態度を変える奴《やつ》が好きじゃないし、それを見るのも好きじゃない」

俺を馬鹿にするのは結構。馬鹿にしたきゃすればいい。

だが、俺が成果をあげたからといって手のひらを返さないでほしい。

愛想笑いですり寄られてもイラつくだけだ。馬鹿にしていたなら、俺が成果をあげても馬鹿にすればいい。

今回の功績は認めるが、それまで自堕落だった事実は変わらない、くらいは言ってほしい。そういう態度が一貫している奴のほうが信用できるし、見ていて気分がいい。

「あなたにその気がなくとも、今回の戦争であなたを見る目は変わるでしょう。いえ、すでに変わり始めています。敵も味方も、帝都での反乱であなたが曲者《くせもの》だと理解し始めた。もっともその認識すら甘いのだと、あなたと共にいて思い知らされましたが」

「困った話だな。俺は今のままがいいのに、それが許されない。なにが困るって皇子らしく真面目に国難に取り組んだら、俺の望むとおりにはならないってことだ」

「殿下は変わっていますね。あなたのような人をきっと天才と呼ぶのでしょう」

「天才ねぇ。レオのほうが似合いそうだが？」

「そう思っていました。しかし、レオナルト殿下はきっと努力の人なのでしょう。あなたは違う。閃《ひらめ》きに秀でた天才です。ずっと疑問でした。レオナルト殿下はあなたといつも比べられていた。子供の頃から、周りから兄とは違って優秀だと言われ続ければ調子にも乗りそうなものですが、レオナルト殿下は違いました。より一層、努力を重ねた。その疑問がようやく解けました。あなたの傍《そば》にいたからあなたの凄《すご》さをレオナルト殿下はわかっていたのでしょう」

「大げさだな。レオが真面目なだけだ」

「殿下がそういうなら、そういうことにしておきましょう」

俺がため息を吐《つ》くと、ランベルトはそう言って苦笑する。

そして一礼して下がっていく。

入れ替わりにフィンが俺の下へやってきた。

「殿下、お気をつけて」

「問題ない。お前さえ上手くやれば不安はないよ」

「では、ご安心ください」

そう言ってフィンは真っすぐ俺を見る。

迷いはないといった目だ。

「たしかに安心できそうだ。じゃあ気分転換に雑談といこうか。グライスナー侯爵の令嬢はどんな人なんだ？　女なのに飛竜に乗るんだ。普通じゃないだろ？」

「い、いきなりなんですか……！」

「いいから答えろ。どんな人なんだ？」

「……お嬢様は真っすぐな方です。正しいと思うことを行い、それができるだけの強さを持っています。そして同じくらいお優しい」

フィンはフッと笑う。

穏やかな笑みだ。自慢のお嬢様といったところか。

「いつから好きなんだ？」

「……好きか嫌いかでいえば好きなのでしょうね。ですが、それが異性への愛情なのかはわかりません。俺は孤児でした。一人取り残された俺をお嬢様が救ってくださった。竜騎士としての道を示してくださり、ここまで一緒に歩んでくださった。大恩あるお方です。この恩を返したいという思いが俺にはあります」

「……そうか。まぁ幼馴染《おさななじみ》相手の感情なんてそんなもんだろうな。そのうち好きとか嫌いとかって感情もなくなってくる」

「やけにお詳しいですね。殿下もたしか勇爵家のお嬢様と幼馴染だとか。どうなのですか？」

反撃とばかりにフィンがエルナについて訊《たず》ねてくる。

だが、その反撃は俺には通じない。

「好きか嫌いかで言えば好きだろうな。なにせ初恋の相手だ」

「……はい？」

なにかとんでもないことを聞いたような気がする。

そんな表情をフィンが浮かべた。

皇子の初恋の相手が勇爵家の神童。それはきっと大事なんだろうが、今更どうでもいいことだ。

「俺も幼馴染には大恩がある。いつだって返したいと願ってる。そしてこの先、常に同じ方向を向いて歩いていたいと、そう思う。結果的に隣に寄り添うことになっても、そうじゃなくても――俺たちは変わらない。幼い頃から共に作り上げた腐れ縁という魔法は聖剣にだって断て

ないし、シルバーだって解除できない。大切な幼馴染ってのはそういうもんだ……だから助けてこい。今のお前は助けたいと願えば助けられる力を手に入れたんだからな」

感じた無力感も。

努力が実らなかった絶望感も。

決して無駄にはならない。

それがあるから今があると思える。

そして思い返すたびに、共にいた幼馴染への恩を思い出せる。

弱かったとき、何もできなかったとき。

共にいてくれる人は貴重だ。無条件で傍にいてくれる幼馴染は、だれにだって得られるモノじゃない。

だから大切だし、死に物狂いになる価値がある。

「殿下……」

「フィン、お前は初陣だ。きっと戦場で迷うこともあるだろう。その時は心の声に従え。守りたいと思って、お前は一歩前に踏み出した。だから心の声を無視するな。無視すればお前は大きな後悔を抱く。もしもその心の声に従って、状況が悪くなったとしても……今のお前にはそれを跳ね返す力がある」

弱ければどんな結果も得られない。

平凡であれば片方しか得られない。

強ければすべての結果を得られる。

強者の特権だ。幼馴染も守るし、作戦も成功させる。

それができるだけの力をフィンは持っている。

「……心に刻みます」

「見せつけてこい。そして示せ。お前の強さを。この帝国の空はお前のものだ」

「はい……殿下のご期待に全霊でお応えします。必ず勝報をお届けします」

そう言ってフィンは強い目で応じた。

その目から感じるのは守り通すという想《おも》い。

最初にあったときは守りたいという願望だった。

やがてそれは守るという決意に変わり、今は守り通すという確固たる強さに変わっている。

少しだけ残っていた心配が消え去った。

これなら万に一つも失敗はないだろう。

俺はフィンと別れて歩き出す。そこに待つのは黒いフードつきのマントを被《かぶ》ったネルべ・リッターだった。

俺もフードをすっぽり被り、彼らが用意した馬へ跨《また が》る。

「行くぞ。慎重に、しかし大胆に。誰にも気づかれずに敵の背後を取る」

「はっ！」

こうして俺とネルべ・リッターはターレの街を出陣したのだった。

11

「ウィリアム王子。バルテル将軍とフィデッサー将軍が面会を求めております」

兵士の言葉にウィリアムはまたかとため息を吐いた。

しかし、いつまでもため息を吐いてもいられない。

通せと伝え、面倒《めんどう》という感情を自分から消し去った。

「失礼いたします。ウィリアム王子」

そう言って入ってきたのは二人の男性だった。

ゴードン配下の将軍であり、今はウィリアムの指揮下にあるバルテルとフィデッサーだ。

どちらも中年に差し掛かった年齢であり、髭《ひげ》を蓄えたバルテルと、物静かだが目つきが悪いフィデッサー。ともに貴族の末弟として生まれ、実力で将軍の地位まで上り詰めたたき上げの軍人だった。

その経歴への自信からか、二人の態度は不遜といえた。

「総攻撃のご指示を。ウィリアム王子」

当然とばかりにバルテルが告げ、フィデッサーも当たり前だと言わんばかりの表情で頷く。

それに対してウィリアムは冷静に返した。

「わが軍の戦略は変えない。兵糧攻めだ」

「敵の兵糧は尽きかけております！　今が攻め時！」

「その通り。敵方の士気は下がる一方」

「兵糧攻めは忍耐勝負。焦《じ》れて動けば手痛い反撃を食らう。よもや忘れたわけではありますまい？」

元々、包囲網を崩されて城に撤退したレオを追撃したのはバルテルとフィデッサーだった。

二人は早々に攻城戦を開始したが、支城も落とせずにいたため、援軍としてウィリアムがやってきたのだ。

その援軍役もゴードンが自ら出るというところを、ウィリアムが説得したものだった。

ゴードンは反乱軍の要。討たれればすべて終わってしまう。

皇帝に協力する軍を説得するべきと提案し、ウィリアムは軍の抑え役をゴードンに任せた。

そして自らレオを討つためにやってきたのだ。

しかし、いくら協力関係とはいえ他国の王子。その下につくことを両将軍は快く思っていなかった。そのため、緒戦での失敗を受けて早々に兵糧攻めに切り替えたウィリアムの方針に反対という立場を取っていた。

「あの時とは状況が違います」

「同じだ。向こうは虎視眈々《こしたんたん》と反撃の機会を待っている。下手に手を出せば多くの兵を失うだろう」

「指揮官の仕事は兵の命を惜しむことではありません！　勝利を手にすることです！」

「勝利を手にするための兵糧攻めです。私はこの軍の指揮権を預かっている。ご不満ならゴードン皇子に訴えればいい」

「殿下はお忙しいのだ！」

「ならば私に従うことだ」

そう言ってウィリアムは二人に退室を命じた。

忌々し気にウィリアムを睨《にら》みながら。二人はその場をあとにする。

邪魔者がいなくなった自分の天幕で、ウィリアムは大きく息を吐いた。

他国の軍を率いることが簡単だと思うほど、ウィリアムは楽観的ではなかった。しかし、想像よりも難しいことは痛感させられていた。

「本来なら結果で黙らせるところだが……」

下手に動けば反撃を喰《く》らう。

相手が絶対に反撃できないというところまで追い詰め、そこを仕留める。その方針をブレさせる気はウィリアムにはなかった。

ウィリアムはいつになく慎重だった。

そうさせるのは帝都で見せたレオの力。そして動かぬ帝都の存在だった。

状況は変わった。援軍が必要なのは明白。

しかし、帝都で動きはない。

「動かぬはずはない……」

ジッとウィリアムは何もない場所を見つめる。

見ているのは過去。帝都での最終局面だった。

レオの登場から一気に形勢が逆転した。それは間違いない。

だが、その前に時間稼ぎをされた。レオは来ると読み、入念な時間稼ぎをされたのだ。

レオの兄、アルに、だ。

「本当に寝ているのか？　いまだに起きぬと？」

毒や魔法を喰らい、長い時間眠り続けることはある。

だが、どうしてもウィリアムはそれを鵜呑《うの》みにはできなかった。

そう思わせて奇襲されてはたまらない。

ウィリアムはゴードンが北部の三分の一を確保するために奔走した。

シルバーの力を見せつけられ、意気消沈するゴードンを励まし、叱咤《しった》した。そして藩国を通じて兵糧ルートを確保し、北部の中でも付け入りやすい東側を手早く占拠、そこに拠点を置いた。

なんとかここまで来た。王国と連携すれば北部を手に入れることも可能となるだろう。

そうなれば藩国と連合王国の軍を北部に引き入れることができる。そのまま南下して帝都に向かうもよし、王国に合わせるもよし。やれることは広がる。

だが、敵も馬鹿ではない。

いずれ皇国との同盟がまとまるだろう。そうなれば東部国境守備軍が北上してくる。

王国方面の軍に比べ、レオの軍は規模が小さかった。それは時間を稼げばよかったからだ。

そしてそれは今も変わっていない。

援軍の見込みのない籠城は下策だが、時間を稼げば帝国最強の軍が来るとわかっているなら上策だ。

「我慢できずに皇帝が出てくるなら望みはあるが……」

皇帝が出てくれれば連合王国は本格的に戦力を差し向ける。

今はまだ協力関係だが、その状況となれば肩を並べることになるだろう。

なにせ、皇帝を討てば戦争に勝てるからだ。

帝位候補者たちが抵抗するだろうが、その抵抗も微々たるものだろう。

だから、皇帝は出てこない。本来ならば勇爵が出てくる場面だが、勇爵は出てこないとウィリアムは踏んでいた。

帝都の反乱時、勇爵は軍を率いて待機していた。

しかし、間に合わなかった。足止めの軍がいたからというのもあるが、単純に勇爵の動きが遅かったからだ。

なぜ遅かったのか？

意見の対立があったのだ。

勇爵家には三つの分家がある。その一つが勇爵に意見をぶつけ、足並みを乱した。そのため、一刻を争う事態で勇爵は後れを取った。

その情報があるため、ウィリアムは勇爵は出てこないと判断できた。

「皇国との同盟はまだまとまらない。皇帝も勇爵も出てこれない」

援軍はないと決めつけるだけの情報はあった。

しかし、目に見える情報だけで判断していいものかどうか。

敵の罠《わな》がどこかにあるかもしれない。

「曲者《くせもの》め……」

姿が見えないアルの姿を幻視して、ウィリアムは呟《つぶや》く。

姿が見えないからこそ、考えることになる。

いっそ、姿を見せてくれたらどんなにいいか。

そうウィリアムが思ったとき。

その報告は突然やってきた。

「急報！　後方の兵糧基地で煙が発生！　襲撃と思われます‼」

「なにぃ⁉」

兵糧基地はウィリアムが設置したものだった。

敵が狙うならば兵糧なのは明白。見つからない場所を選んだはずなのに、そこがバレた。

そのことにウィリアムは戦慄《せんりつ》する。

レオに動きはない。いくらレオとて、包囲された城から何もせずに外の軍は動かせない。

つまりレオではない。

「くそっ!」

脳裏にニヤリと笑うアルがよぎる。

罠かもしれないという思いはあった。しかし、このまま放置してしまえば兵糧を焼かれてしまう。

兵糧基地を焼かれ、そのまま兵糧ルートもつぶされればウィリアムは孤立する。

他国の軍を率いる不安定な立場である以上、兵糧を失えば反乱を起こされかねない。

そんなことを考えていると、慌てた様子でバルテルがやってきた。

「ウィリアム王子！　兵糧が狙われました！」

「報告は聞いた。今、考えている」

「何を悠長な！　すぐに竜騎士団を率いて向かってください！」

「……それは要請ということですかな？」

「もちろんです！」

望む言葉を引き出したウィリアムは一つ頷《うなず》く。

これで罠だとしても責任はウィリアムにはない。

「では、この場の指揮をバルテル将軍に預ける。臨機応変な対応を心掛けるように」

「はっ！　お任せを！」

「念のため、竜騎士団の一部は残しておく。彼らは空の防衛に専念させるように。私の部下だ。勝手に命令は出すな」

「……かしこまりました」

釘《くぎ》をさしてからウィリアムは天幕を出た。

これで竜騎士を使っての攻城はできない。命令に反するからだ。

地上の軍だけを使って、攻城するならば仕方ない。適度なガス抜きは必要だ。返り討ちにあえばうるさい両将軍も黙るだろう。

問題は兵糧への攻撃が陽動だった場合。

憎たらしい作戦だ。罠かもしれないと思っても、対応せざるをえない。

人の嫌がることを熟知している人間が考えた作戦だろう。

「……出てきたな。アルノルト」

確信めいたものを感じながらウィリアムは呟く。

すでに自分は手のひらの上なのではという不安を抱えながら。

12

「さすがですな。殿下」

「世辞はいいさ。あれだけ情報があれば少し頭が回れば見つけられる」

俺とラースは当初の目的地であった山を見ながら、そんな会話をしていた。

すでに山からは輸送部隊が出てくるのも確認している。

あそこが兵糧基地だろうな。

ゴードンたちの兵糧は連合王国と藩国から集められている。

連合王国が集めた兵糧が藩国に入り、藩国から北部国境の穴を通ってゴードンの根拠地に送られる。

そして前線で包囲を続けるウィリアムの軍を維持するための兵糧が、ここにため込まれているというわけだ。

しかし、その兵糧は無尽蔵にあるわけじゃない。

他国から輸送するだけでも相当なコストがかかるし、大量に輸送するには北部国境の穴は小さい。大規模な輸送団が移動すれば北部国境軍も阻止に動く。

だから少しずつ送るしかない。

もちろん、すべての兵糧を頼り切っているわけではないだろう。だが、向こうも苦しい面はあるということだ。

そしてそこを突かせてもらう。

「兵糧基地を奇襲した後、すぐに火を放て。そのまま移動する」

「火を放ってもすぐには燃え尽きませんが？」

「消火作業で足止めできる。元々、兵糧を燃やしつくすのが目的じゃないからな」

兵糧がなくなった軍は山賊と変わらない。周辺の村々が襲われ、略奪の憂き目に遭う。

敵軍を一気に倒せない以上、兵糧を燃やしつくすのは避けたい。

あくまで目的は時間稼ぎだ。

「しかし、敵は足の速い竜騎士。煙を見たらすぐに駆け付けるでしょう。そして被害が少ないと判断すれば引き返すやもしれません」

「だから移動するんだ。向こうにヤバいと思ってもらうためにな」

そう言って俺はニヤリと笑う。

敵軍の大将はウィリアムだ。他国の軍を率いるのにさぞや苦労していることだろう。

兵糧に関しては人一倍気を遣っているはず。

こんな場所に兵糧基地を隠したところからも、それがうかがえる。

ならば注意を引く方法は一つ。

「何か策がおありですか？」

「敵軍の次の兵糧を狙う。まぁ、正確には狙いに行ったように見せるんだが」

兵糧に被害が出れば、次の兵糧は重要となる。

それを狙われているかもしれないとなれば、陽動と判断しても俺たちを探しつつ、兵糧の護衛に動かなくちゃいけない。

「なるほど。それでどうやって次の兵糧に向かっているように見せるのですかな？」

「あからさまに煙をあげておく」

「露骨にやるということですか？　乗ってきますか？」

「乗らざるをえないさ。放置すれば本当に次の兵糧を焼きにいくからな」

乗ってこないなら乗ってこないでいい。

ここまで引き付けた時点で、城の空は手薄だ。制空権の確保はスムーズに進み、兵糧の運搬が行われる。

ウィリアムたちが引き返せば、すべての兵糧を届けることはできないが、代わりに敵の兵糧を減らすことができる。

やりたくはない。少ない兵糧をやりくりできず、民に手を出す可能性が大いにある。だが、やらなきゃ勝てないし、ウィリアムへの信頼もある。

兵糧が持たないならばウィリアムは無理せず撤退するだろう。その程度の判断はできる指揮官だ。

だから陽動に乗ってこないならば遠慮はしない。

「さて、じゃあラース大佐。あとは任せた」

「お任せを」

「俺はさらに後方へ移動する。敵の兵糧輸送ルートは地図に描いておく。大体でいいからそこに煙をあげておいてくれ。それで察するはずだ」

「かしこまりました」

終わったら即離脱しろと厳命し、俺は地図にいくつか印をつける。

次の兵糧まで点々と煙があがっているのをみて、ウィリアムは顔をひきつらせることだろうな。

それを見る頃にはネルベ・リッターは離脱しているだろう。だが、放置はできない。潜んでいて、兵糧を焼かれたらたまらないから捜索するしかないし、次の兵糧を持つ輸送部隊に護衛を向けることになる。

消火にも人手を割くし、竜騎士団の大部分は足止めできるだろう。

ウィリアムにできることは信頼できる者にこの場を任せ、少数で引き返すくらいか。

しかし、少数では盤面をひっくり返すことはできない。

「ただの竜騎士として戦うこともできず、信頼できる部下が少なくて指揮官としても苦しいところ悪いが……かき回させてもらうぞ。ウィリアム王子」

そう言って俺は右手を高くあげると無言で振り下ろす。

それを合図としてネルベ・リッターが音もなく動き出したのだった。

■■■

作戦は成功した。

兵糧基地から上がった煙を見て、城付近にいた竜騎士団が駆け付けてきた。

彼らは兵糧基地から後方に続く煙を見て、部隊をいくつかに分けて予想通りの行動に出た。

「上手《うま》く乗ってくれましたな」

「そうだな」

遠方からあわただしく飛ぶ竜騎士たちを見ながら、俺は目を細める。

予想通りの行動だが、予想よりも早い。

それは判断の早さだ。

さすがはウィリアムというべきか。陽動だと見抜きつつも、対処せざるをえないとみるや、すぐに部隊を信頼できる者に預けて、自分は引き返した。

何かあると察したんだろう。

だが、今更引き返しても防ぐのは不可能だ。その程度で防げるほど甘くはない。掘り出し物の切り札を投入しているからな。

まぁ、あの竜王子がただやられただけで終わるとは思えないが。

「そこまでは俺の仕事ではないか」

「はい？」

「独り言だ。それじゃあ行くぞ。北部貴族説得の旅だ」

「楽しい旅になりそうですな、殿下」

「楽しくはないな。絶対に。それと殿下というのはやめろ。もう俺たちは皇子でもなければ、ネルベ・リッターでもない」

黒いフードをすっぽりとかぶり、俺は顔を隠す。

ウィリアムはさすがに俺の存在に気付いただろうが、他の者は信じない。

俺は表向き帝都で寝ているし、この作戦が俺の差し金だと説明されても納得しないだろう。

だが、存在が確認されれば納得しなければいけない。

だから身分は隠す。

「これから俺たちは流離《さすらい》の傭兵《ようへい》団だ。俺は団長、お前らは部下だ。そういうことにしておけ。さすがに各地の領主たちには正体を明かすが、情報が洩《も》れるのは極力避けたい」

「かしこまりました。しかし、団長というには若すぎるのでは？」

「変か？」

「多少。なので若様とお呼びしましょう。我々は御父上《おちちうえ》に仕えていた。それでどうでしょう？」

「いいだろう。嘘《うそ》ではないしな」

細かい設定は移動しながら考えるとしよう。

まずはこの場を離れ、目的地に向かう。

「向かう先はツヴァイク侯爵の領地ということですが、なにかあるのですか？」

「ツヴァイク侯爵は俺が唯一信頼できる北部貴族だ。昔、俺のことを助けてくれた。尊敬できる人だ」

そう言って俺は馬を進めたのだった。

13

フィンの視界には青色が広がっていた。

その青色の正体は蒼穹《そうきゅう》。

遠く、遥《はる》か遠くまで広がる澄んだ空。

この世界で自分しか存在しないのではと勘違いしそうになるほど、大きく、広い天空。

飲み込まれそうなほどの空を見上げながら、フィンはゆっくりと深呼吸する。

フィンが今いるのは雲の上。

上空に上がる前に敵の竜騎士団の大部分が離れたのは確認している。

雲に隠れてフィンは敵の上空まで接近し、奇襲をかけるつもりなのだ。

「不思議だね……ノーヴァ」

「キュー」

愛竜の首を撫《な》でるとノーヴァはくすぐったそうに鳴いた。

竜騎士は飛竜の魔力に保護されているため、激しい空気抵抗からも守られている。

それでも雲の上の飛行というのは難易度の高い行為だったが、フィンにとっては散歩と大して変わらなかった。

いつもと違うのは手には戦うための武器があり、双肩には任務の成否が懸けられているという点だった。

「戦いだ……ずっと望んできたのに……いざとなると怖いね」

「キュー……」

「これしかなかった。お前と一緒にいるには……これしかないんだ」

役立たずの竜騎士にも、役立たずの飛竜にも居場所はない。

フィンを竜騎士たちの教官にという考えは、グライスナー侯爵の令嬢が勝手に言っていることだ。そこに私情があることも事実。

幼馴染《おさななじみ》という立場に甘えてはいられない。不安定な立場であることは間違いなく、価値を示さなければ安定はない。

だからフィンは戦場の空を選んだ。

しかし。

「……人を殺す……他の竜を殺す……」

自分の地位を確立するために武器を取れば、他者を蹴落とすことにつながる。

この奇襲でどれほどの竜騎士が命を落とし、どれほどの飛竜が傷つくだろうか。

彼らにも家族がおり、仲間がいる。飛竜と過ごした時間がある。

自分と変わらない人たちだ。

心の内にある迷いをここまで封じ込めてきた。しかし、空を見ていると自分が正しいのかどうか不安になってしまう。

怖いと思う自分がどんどん大きくなっていく。

だが、迷ってばかりもいられない。

フィンは強く六二式を握りしめた。

自分が戦うための力。託された物だ。

「……殿下が待ってる」

ゆっくりと深呼吸をする。

与えられた任務は敵の無力化。

飛竜を空にあげなきゃそれでいいと言われた。今になって、あの言葉が自分に気を遣ったものだと気づいた。

戦いたいと願い、叶《かな》えてくれた。

幼馴染を守りたいと願い、叶えてくれた。

最大限の配慮をして、送り出してくれた。

これ以上、迷惑はかけられない。

迷いはある。しかし、迷ったら心の声に従えと言われた。

だからフィンは心の中で一番大きな声に従うことにした。

「行こう、ノーヴァ……殿下のために」

「キュー！」

手綱を引くとノーヴァは少し上昇し、そのまま翼を畳んで一気に雲へ突っ込んでいく。

厚い雲は身を隠す防壁。

そこに隠れていれば、敵はずっとフィンとノーヴァには気づかなかっただろう。

だが、隠れてばかりはいられない。

約束したのだ。

勝報を届けると。

前線に出たのは自分だけじゃない。

後ろにいても文句を言われない立場の人間が前に出ている。危険を冒している。

帝国のため、民のため、家族のため。

同じような思いは抱けない。それでもその手伝いはしたいと思えた。

「行くぞ！　ノーヴァ！」

声と共に雲を切り裂き、フィンとノーヴァは敵軍の上へと飛び出した。

誰もまだ気づかない。

上からの奇襲など想定していないからだ。

速度を緩めず、フィンは敵の陣目掛けて降下していく。

目標は多くの竜がいる竜舎。

「あった！」

懸命に視線を動かし、飛竜の姿を探していたフィンは多数の飛竜が集まる場所を見つけた。

敵の竜舎だ。

仮設だというのに見たこともないほど大きい。それだけ敵の竜騎士が多いということだ。

空にあげるなという言葉の意味がよく実感できる。

位置を調整し、そこに向かって降下速度を上げていく。

すると、さすがに下にいた兵士たちが気づき始めた。

「おい……あれなんだ？」

「ん？　竜騎士だろ。味方だ、味方」

「いや、でも……」

気づいていてもすぐに反応はできなかった。

軍の主力は帝国軍だ。竜騎士の大半は味方という認識があり、しかも空からの攻撃には慣れていない。

訓練していない行動はいきなりできないのだ。

幾人かの混乱と疑念を浴びながら、フィンはまるで流星のように突撃していく。

「頼むよ。六二式」

魔力を六二式に込めていく。

拡散モードは複数の敵を一気に倒せるが、そのためには溜《た》めが必要になる。

フィンから送られた魔力がどんどん溜まっていき、やがて六二式の先がバチバチと放電し始めた。

魔力の充塡《じゅうてん》が完了したのだ。

同時にフィンも射程圏に竜舎を捉えた。

ここからは臨機応変。

下ではさすがに異変に気付いた竜騎士たちが飛ぼうとしている。

だが、もう遅い。

「はぁぁぁぁぁ!!!!」

下にいた兵士が放った矢が一本、フィンに迫る。

それを回転して躱《かわ》すと、同時にフィンは六二式を拡散モードで放つ。

いくつもの雷撃が竜舎を襲う。

建物は火災が発生し、翼に直撃した飛竜が悲鳴をあげていく。

しかし攻撃はそれでは終わらない。

竜舎に近づきながらフィンは雷撃を連射していく。

次々に襲ってくる雷撃に竜舎は完全に混乱状態だった。

空で城方面を警戒していた竜騎士たちが駆け付けたとき、ほぼ竜舎は全壊状態となっており、そこにいた飛竜や竜騎士も空へ上がれる状態ではなかった。

仲間をやられた竜騎士たちの怒りは一気に沸点へと達する。

「逃がすな！　絶対に逃がすな！　あの白い竜騎士を必ず殺せ!!」

空にいたのは数十騎。

さらに竜舎からは離れていた竜騎士たちもどんどん空へ上がってくる。

次々に増える竜騎士の中でも、速さ自慢の竜騎士たちがフィンの追跡に当たる。

連合王国が誇る竜騎士の中でも精鋭たちだ。

それでもフィンは慌てない。

「いいぞ……そのままついてこい！」

速さ自慢の竜騎士たちを空で翻弄し、決して後ろを取らせない。

それどころか合間に反撃を加えて、敵の数を減らしていく。

すぐに連合王国の竜騎士たちは、敵がとんでもない相手だと理解し、無謀な追跡を諦めて、数に任せた包囲に移った。

いくらフィンとノーヴァが空での運動性に長《た》けるとはいえ、囲まれてしまえば意味がない。動くスペースを潰されればどうにもできないからだ。

そう、昔はそうだった。

しかし、今は動くスペースを無理やり確保できる武器がある。

「こいつ！　何だ!?」

「魔導杖《じょう》だ！　魔法が飛んでくるぞ!?　ああ!?　うわぁぁぁ!!」

行く手を阻む竜騎士たちを撃墜し、逃げるスペースを確保し続ける。

止められないならば、フィンとノーヴァには追い付けない。

翻弄され続ける竜騎士団をよそに、地上では大量の弓兵が準備されていた。

所詮は一騎の竜騎士。矢で撃ち落としてしまおうと考えたのだ。

だが、フィンはそんな弓兵たちに対して、あえて低空飛行で肉薄する。

「うわぁぁぁ!?!?」

「突っ込んできたぞ!?」

「撃つな！　近すぎる!!」

攻撃もせず、低空飛行をしただけで混乱する地上部隊をよそに、フィンはディック城へと進路を取った。

敵陣の上で器用に動いていたフィンとノーヴァが、ようやく直線的な動きに移った。

それを見て、連合王国の竜騎士たちは一気に加速して追いかけた。

「逃がすか！」

「八つ裂きにしてやる！」

竜騎士たちは怨嗟《えんさ》の声をかけながら、フィンとノーヴァに迫る。

追跡してきているのは三十騎ほど。その後ろからさらに二十騎ほどが続く。

それを確認したフィンは城の城壁へ一気に突っ込む。

体当たりをする気なのかと、多くの竜騎士が速度を緩めるが、中にはフィンとノーヴァだけを見て止まらない竜騎士もいた。

そんな竜騎士たちを嘲笑《あざわら》うように、フィンはギリギリでノーヴァを上昇させた。

「くそっ!?　うわぁぁぁ!!」

止まり切れず、城壁に竜騎士たちがぶつかっていく。

だが、追手の数はそこまで減らない。

「上昇したぞ！　もう障害物はない！　加速しろ！」

「止《と》めをさしてやる！」

合計で四十騎ほどの竜騎士がフィンとノーヴァを追って、ディック城の上空へと真っすぐ向

かっていく。

あと少し、もう少し。

一人の竜騎士の長槍《ながやり》が届く距離まで迫った時。

一気にフィンとノーヴァが加速した。

今までの追跡劇が嘘《うそ》のように、フィンとノーヴァは後ろに続く竜騎士たちを引き離したのだった。

「なんだ、と……？」

自分たちが引き付けられていたと察するのに時間はかからなかった。

だが、どうして引き付けたのか？

その疑問の答えは雲を切り裂いて黒い鳥に跨《また》がった白いマントの騎士たちが現れるまで気づくことはできなかった。

上昇だけを考えていた竜騎士たちはあまりにも無防備だった。

隊列などない。

「ちくしょう……帝国め！」

「回避！　回避だ！」

「間に合わない！　速すぎる！」

それに対して、整然と隊列を組んで第六近衛《このえ》騎士隊が降下していく。

まるで猛禽《もうきん》の狩りのように。

すれ違い様に無数の火球を浴びて、追跡していた竜騎士たちは撃墜されていったのだった。

そして白いマントの騎士たちは城の上空を守るようにして散っていく。

自分たちの姿を誇示するように。

「第六近衛騎士隊だ……天隼《てんしゅん》部隊だ！」

「援軍だ！　皇帝陛下の援軍が来たぞ！」

「勝てる！　勝てるぞ！」

城に籠り、辛《つら》い籠城を行っていたレオの本隊にいる兵士たちが大いに湧き上がる。

だが、そんな勝利の叫びなど許さないとばかりに連合王国の残る竜騎士たちが集結して突撃を敢行する。

その数はいまだに第六近衛騎士隊よりも多かった。

「迎撃用意！　制空権を確保しろ！　皇帝陛下の名にかけて！　一人たりとも城に近寄らせるな！」

ランベルトの号令が飛び、第六近衛騎士隊が隊列を組む。

それに対して連合王国の竜騎士たちも隊列を組む。

だが、彼らは忘れていた。気づかなかった。

自分たちの頭上には流星がいるという絶望的な事実に。

「敵は第六近衛騎士隊だ！　隼など竜には勝てん！　所詮は儀礼部隊！　どちらが空を制する騎士団か思い知らせてやれ！」

敵の号令を聞き、ランベルトはニヤリと笑って部下たちに密集を命じた。

そのほうが火力を集中できるからだ。

「敵の陣形が乱れた隙を撃て！」

「隙などできるか！」

「できるさ」

そう言ってランベルトは自らも六一式を構えた。

挑発と受け取った敵の隊長は、部下と共に突撃を開始した。

しかし、その瞬間。

空からの雷撃で竜の翼を撃ち抜かれた。

「なにぃ!?!?」

撃ち抜かれたのは隊長の竜だけではない。

先頭付近にいた飛竜たちは全員撃ち抜かれていた。

突撃状態の中、先頭が動きを乱したのでは陣形など組めない。

そしてその隙を逃す第六近衛騎士隊ではなかった。

「撃て!!」

号令を受けて六一式から多数の火球が発射された。

翼をやられ、どうにか飛んでいる飛竜では避《よ》けられない。

槍で一発受け止めても、焼石に水だった。

「くそぉぉぉぉ!!!!」

肩に火球を受け、敵の隊長が絶叫しながら下へと落ちていく。

助けに行こうにもその他の竜騎士も火球の雨を受けていた。

なんとか個別で離脱した竜騎士も、今度は機動性に優れる天隼に追われることになった。

「各自散開！　残敵を掃討しろ！」

指示を受け、続々と第六近衛騎士隊の天隼騎士たちが竜騎士を狩って行く。

それはもはや作業だった。

完全に陣形を崩され、協力することもできない。個々の実力で乗り切ろうにも相手が悪すぎた。

「時間をかけるな！　急げ！」

部下たちを急《せ》かしつつ、ランベルトはゆっくりと自分の傍《そば》に降下してきたフィンに視線を向けた。

「ご苦労だったな。大したもんだ」

「いえ、敵が油断していただけです」

「それもあるだろうがな。それでも敵をあれだけ引き付けられるのはお前の実力だ。胸を張っていい」

「……作戦がよかっただけです。それに敵の主力はまだ残っていますから」

フィンの言葉にランベルトもうなずいた。

敵軍の情報は入っている。

連合王国が誇る精鋭竜騎士隊、黒竜騎士隊。

ウィリアムの直下部隊として、この竜騎士隊がいるはずだが姿は見えない。

気性が荒く、騎竜には向かないとされる黒竜。その黒竜を乗りこなす黒竜騎士隊の面々は竜騎士の中でも別格の精鋭だ。

彼らが出てくればそう簡単にはいかないことは明白だった。

「お前は下がっていろ」

「ですが、地上部隊も動いています」

「あんなところから矢を放ったところで当てられるか。気にする必要はない。敵主力に備えてお前は待機だ」

フィンに命令を下し、ランベルトは周囲を見渡す。

空に上がってきた竜騎士の大半は撃墜できた。

フィンの攻撃により、いまだ動けぬ竜騎士たちは悔しそうに空を見上げることしかできていない。

頃合いとみて、ランベルトは片手をあげる。

「制空権確保！　このまま維持に移る！」

ランベルトの指示に従い、第六近衛騎士隊はぐるりと城の上空を囲う。

空中で描かれたのは円形の陣。

外からの侵入を許さぬ防陣だ。

六一式が外へ向けられ、全方位に対空砲火が可能となる。

そんな陣が完成したと同時に、空から大型の飛竜が降下し始めたのだった。

14

降下してきた大型飛竜が運んでいるのは巨大な籠。

それが兵糧だと察した城の兵士たちは大歓声をあげた。

「兵糧だ！　兵糧が来たぞ！」

「兵糧さえあればあんな奴《やつ》ら怖くないぜ！」

「皇帝陛下は俺たちを見捨ててなかった！」

「皇帝陛下万歳！　帝国万歳!!」

そんな歓声の中、グライスナー侯爵は空を驚いたように見上げていた。

濃いめの茶色の髪を短く切り揃《そろ》えた精悍《せいかん》な男性。それがハーゲン・フォン・グライスナー侯爵だった。

「フィンだけでなく……大型飛竜まで……あんな使い方をするとは……」

「お兄様の発案ではないですね」

そう隣で呟《つぶや》くのは濃い茶色の髪を束ねた少女。

凛《りん》とした雰囲気を身にまとった少女の名はカトリナ・フォン・グライスナー。

グライスナー侯爵家の長女にして、グライスナー侯爵家が抱える竜騎士隊の隊長でもある。

戦力にならないため、領地に置いてきたはずの面々がそれぞれ役割を持って、戦場に現れた。

それにカトリナは驚かなかった。

将来的には可能かもしれないと思っていた運用法だったからだ。

ただ、大型飛竜による輸送には絶対的な護衛が必要であり、フィンとノーヴァのコンビが使える魔導杖《じょう》は存在しなかった。

あくまで机上の空論だったはずのものが、こうして現実となっている。

現実とした者がいる。

奇抜な発想とは無縁の兄であるはずがない。

「カトリナお嬢様！　兵糧が到着しました！　まだまだ来ます！　フィンだけじゃありません！　みんなが来てくれました！」

「ええ、そうね。最初の兵糧からいくつか食べ物を飛竜に与えてちょうだい。少し食べればあの子たちも飛べるはずだから」

グライスナー侯爵家の竜騎士たちは、籠城戦の中で数を減らしていた。

理由は敵の竜騎士が本場の竜騎士だったということと、そもそも食べる物が少なく、飛竜が万全でなかったからだ。

万全でない竜騎士がこれ以上、数を減らすのはまずいとレオは竜騎士たちが空にあがること

を禁じた。それにより、敵の竜騎士が完全に自由を得たわけだが、どれだけ脅威だろうと竜騎士だけでは城を落とせない。

その指示にカトリナは大人しく従っていた。従うしかなかった。

それでも悔しさは忘れていなかった。

帝国の竜騎士としての矜持《きょうじ》があったからだ。

「戦えないまでも、兵糧の誘導ぐらいはできるわ。時間との勝負よ。急ぎなさい」

「はい！　了解しました！」

報告に来た竜騎士は目に浮かんでいた涙を拭いて、走り去っていく。

涙は当然だった。食料は日に日になくなっていき、飛竜に満足に食事をさせることができなくなっていたからだ。

自分たちの食事を削って、飛竜たちの分を確保していたが、それにも限界がある。日に日に元気がなくなっていく愛竜を見て、心を痛ませない竜騎士など存在しない。

部下をまとめる立場でなければ、カトリナも安堵《あんど》の涙を浮かべていただろう。

だが、それが許される立場ではない。

「空に上がるのか？」

「はい。できることをやります」

「任せてもよさそうだが？」

「……フィンが空で戦っているのに、自分は見上げているだけというわけにはいきません。全

員同じ気持ちのはずです。私たちはずっとこの日を待っていたんです」

共に育ち、竜を育てた。

訓練し、何度も失敗した。

そのたびに励ましあってここまで来た。

技術では誰よりもフィンが優れていた。

ただ戦う術《すべ》がなかった。フィンだって悔しかっただろうが、カトリナを含めた幼《おさな》馴染《なじみ》全員が悔しかった。

いつか共に戦いたい。そう願ってきた。

それが今、叶《かな》おうとしている。

黙っているわけにはいかなかった。

「殿下へのご報告をお任せしてもよろしいですか？」

「わかった。行ってくるといい」

愛娘《まなむすめ》の行動をグライスナー侯爵は止めなかった。

戦局的にもそれが必要だったからだ。

兵糧を運ぶ大型飛竜は、籠を抱えて降下してきている。それは意外なほどに難易度が高く、お世辞にも素早いとはいいがたかった。

せっかく確保した制空権。それを維持できている間に輸送を終えたい。

ならば誘導する者たちが必要となる。

そんなことを思いながら、グライスナー侯爵はレオの下へと走った。

そしてレオがいるはずの指揮所に到着すると、グライスナー侯爵は予想外な言葉を聞かされた。

「グライスナー侯爵！　殿下からの命令です！　全軍の指揮を任せると！」

「なにぃ⁉　どういうことだ⁉　レオナルト殿下は⁉」

「それが……空に上がると言われて……」

「殿下が……？」

レオはこの籠城戦で一度も空には上がらなかった。

指揮に全力を注いでいたからだ。

そのレオが空に上がった。

それは上がるほどの事態だということであり、レオが必要となるのが空だということだ。

「ほかに何か言っておられたか……？」

「僕の相手が来ると……」

「連合王国の竜王子……！　全軍に警戒を促せ！　敵の主力がやってくるぞ‼」

言いながらグライスナー侯爵はその指示が無意味だと理解していた。

戦いの舞台は空だ。

地上部隊も連動して動くだろうが、決定的な動きは空で起こる。だからレオは空に上がったのだ。

いくら地上で警戒したところで、空の相手はどうにもできない。

ましてや敵は名高い竜王子と直属の精鋭部隊。

「第六近衛《このえ》騎士隊が負けるとも思えんが……」

確実に勝つという自信も抱けない。

そんな思いをグライスナー侯爵は封印して、毅然《きぜん》とした態度で兵糧の輸送に人員を割くように命じたのだった。

## 15

城から数騎の竜騎士が上がってきたのを見て、フィンはそちらに向かおうとした。

待機を命じられ、やることもなかったからだ。

しかし、それをランベルトが制した。

「再会の挨拶なら後にしろ。そんな時間はない」

「え？」

「敵の主力だ」

ランベルトはそう言って敵陣のさらに奥へ目を向ける。

そこから三十騎ほどの竜騎士たちが編隊を組んで向かってきていた。

黒一色の竜騎士部隊。

「連合王国最強、黒竜騎士隊だ。しかも率いるのは」

「連合王国の竜王子……！」

先頭を駆けるのは赤い竜に跨《また》がったウィリアムだった。

黒竜騎士隊はもちろん、竜王子の名もフィンは良く知っていた。

竜騎士として目指すべき理想とすら思っていた人物だ。その理想が今、敵として向かってきている。

緊張しているのはフィンだけではない。

ランベルトをはじめとした第六近衛騎士隊の面々にも緊張が走っていた。

戦う準備はできていた。戦う相手として想定していた相手でもある。

だが、いざ目の前に現れるとその実力に驚かずにはいられない。

空を主戦場とするランベルトたちは、飛行する姿を見ればだいたいの実力がわかる。

ウィリアムはもちろん、後ろに付き従う黒竜騎士たちは別格の技量を誇っていた。

それがわかってしまうから全員が警戒度を引き上げていた。

だが。

「緊張する必要はない。相手が連合王国の最強部隊なら、君らは帝国の最強部隊だ。そのマントは伊達《だて》ではないはず。相手を必要以上に大きく見ることはないよ」

「殿下……」

「援軍ご苦労、ランベルト隊長。助かったよ」

「はっ！　皇帝陛下の命ですので」

空に上がってきたレオは第六近衛騎士隊の緊張をほぐす。

練度では負けていない。しかし、実戦経験には差がある。

そこに劣等感を第六近衛騎士隊は抱いており、それが敵を大きく見せていた。

それをレオは取り払ったのだ。

「陛下はいいタイミングで君らを送り込んでくれた。動こうか迷ってたところだったんだ。結果的に動かずに正解だったね」

「すべて皇帝陛下と宰相閣下の深謀遠慮の結果です」

「そうだね。グライスナー侯爵家の竜騎士たちを上手《うま》く使う、良い作戦だ。しかも敵の兵糧に手を出して、気すら引いてくれた。人の嫌がることを心得ているようだね。作戦の立案者は」

「……」

クスリと笑うレオを見て、ランベルトは押し黙る。

アルの存在は極秘。レオにも伝えるなと本人から厳命されている。

あくまで皇帝の命による輸送作戦。そう振る舞えと言われていた。

だが、レオの口ぶりは何もかもわかっているようだった。

だからランベルトは黙るほかなかった。

そんなランベルトに苦笑しながら、レオはフィンに視線を移す。

「すごい活躍だったね。白い竜騎士。名を聞いても？」

「は、はっ！　自分はフィン・ブロストと申します！　所属は……」

グライスナー侯爵家の竜騎士だと答えようとしてフィンは固まる。

どういえばいいのかわからなくなったからだ。

ランベルトはフィンの素直な性格にため息を吐《つ》く。グライスナー侯爵家の竜騎士だと言えばいいものを、それでは嘘《うそ》をついてしまうと考えたのだ。

そんなフィンを見て、レオは一つ頷《うなず》く。

「良い魔導杖《じょう》だね。ほかとは違うみたいだ」

「えっと、これは……その……」

「……僕用の試作兵器かな？　彼に託したのは良い判断だよ。ランベルト隊長」

「はっ。勝手をして申し訳ありません」

静かにランベルトは頭を下げる。

置いてけぼりを食らったフィンは困惑したように視線をあちこちに移す。

そんなフィンの前でレオは剣を抜いた。

そして。

「君の所属は皇族直下。つまり〝アードラーの竜騎士〟だ。期待に応えられるかな？　竜騎士フィン」

「は、はい！　必ずや！」

「良い目だ。よろしい。敵主力を食い止める。僕はウィリアム王子を止める。君はできるだけ目立って、注意を引くんだ。でも、命は大切にするんだよ？　ちゃんと家に帰るまでが旅だからね」

そう言ってレオは笑う。

そのまま剣を高く掲げ、城全体に響くほど通った声で力強く告げた。

「第六近衛騎士隊!!　これより指揮は僕が執る！　敵は竜王子率いる黒竜騎士隊！　相手にとって不足はないだろう！　雌伏の時は終わった！　今、飛翔《ひしょう》の時だ！　空の王者は誰か！　その論争に終止符を打ちにいく！　続け！　近衛騎士たち！　この帝国の空は君らのものだと思い知らせにいくぞ!!」

「行くぞ！　殿下に続け!!」

兵糧の輸送はいまだに終わらない。

敵の援軍と比べ、第六近衛騎士隊は数で勝っていた。だが、輸送部隊の護衛を残せばほぼ互角。数の優位はないに等しかった。

武器の質は上であったが、相手は幾度もの死線を潜《くぐ》り抜けてきた猛者ばかり。

武器の質など経験で埋められる相手だ。

楽観視できる相手ではない。だからレオは自ら先頭に立って、ウィリアムに向かっていた。

「出てきたか！　レオナルト！」

「ようやく指揮官から抜け出せたので」

「奇遇だな！　私もだ！」

空からの輸送は地上の大軍では防げない。

ならば大軍の指揮官として慎重になる必要はない。

攻める側、防ぐ側。

立場は違えど、両者は束縛から解放されていた。

戦士として全力を振るうことができるようになったのだ。

「腕は鈍《なま》っていないようだな！」

「そちらこそ！」

幾度かの交差の後、二人は一気に距離を取る。

その二人が空けた間。

そこに黒竜騎士と天隼《てんしゅん》騎士が割り込んでいく。

互いに大将を狙い、どちらも成功しなかったのだ。そのままハイレベルな空戦に移行していく。

あちこちで上下左右に動き回る空戦が展開される。

完全に乱戦だった。

しかし、実力は拮抗《きっこう》しており、誰も墜《お》ちない。

ゆえに戦況は動かない。

だが、ウィリアムの顔は険しかった。

互角では突破できないからだ。さらに。

「とんでもない切り札を隠し持っていたものだな！　帝国は！」

「帝国とて空戦への研究は怠っていませんから」

「研究であんな化け物が生まれるか！　どこで探し当ててきた？　いや、誰が探してきた？」

「皇帝陛下ですよ」

「下手な嘘はやめるのだな！　自慢の兄だと言ったらどうだ⁉」

ウィリアムは強引に距離をつめ、レオとつばぜり合いに持っていく。

力比べになり、ウィリアムとレオの動きが止まる。

その瞬間を待っていた一人の若い黒竜騎士がレオに迫った。

「レオナルト‼‼　その首もらった！」

「悪いけど、そこまで安くはないんだ」

レオがそう言った瞬間。

レオと黒竜騎士の間に雷撃が割って入った。

咄嗟《とっさ》に回避した黒竜騎士は、背後に猛烈な寒気を感じた。

そして後ろを確認もせず、そのまま最速で動き始める。

「くそっ！」

その判断は正しかった。

背後にはフィンがついており、六二式がその黒竜騎士に向けられていたのだ。

しかし、咄嗟の判断で移動を選択したことで黒竜騎士は難を逃れた。

その黒竜騎士は距離を取ったことを確認するため、ようやく背後を振り返った。

すると、そこには何もいなかった。

「なに……？　消えた……？」

それがその黒竜騎士の最期の言葉となった。

呟《つぶや》くと同時に真上から複数の雷撃を浴びせられ、何もできずに地上に落下していったのだ。

そのままフィンはレオの傍《そば》に近寄る。

「ご無事ですか！　殿下！」

「ああ、おかげ様でね」

そう言ってレオは答えつつ、ウィリアムを見る。

ウィリアムはフィンに険しい視線を向けながら、ゆっくりと深呼吸する。

精鋭中の精鋭である黒竜騎士を墜とす相手だ。

渡り合えるのはそうはいない。

自分が死力を尽くして止めるしかない。

そう判断し、ウィリアムはレオの相手を他の黒竜騎士に任せようとする。

だが、そんなウィリアムの後ろから一騎の黒竜騎士が突っ込んできた。

その黒竜騎士はわき目もふらず、フィンに向かっていく。

悪寒を感じたフィンは距離を取りながら、雷撃を放つ。だが、その黒竜騎士は持っていた黒

い大剣ですべて弾《はじ》くと、フィンに肉薄した。

「こいつの相手はお任せを！　ウィリアム殿下！」

年は四十を超えているだろうか。黒い髪に黒い髭《ひげ》。

そして粗野な顔立ち。

竜に乗っていなければ海賊か山賊と間違われそうなその男は、ニヤリと笑って大剣を振り下ろす。

それをフィンはクルリと回転して回避した。

「おお！　これも躱《かわ》すか！」

「ロジャー！　どういうつもりだ!?　兵糧の護衛を命じたはずだぞ!?」

「兵糧など失ってもまた手に入りますが、殿下の代えはきかぬので！　部下に任せてきましたよ！　どうせ陽動です！」

「お前という奴《やつ》は……」

呆《あき》れた様子でウィリアムが呟く。

ロジャーと呼ばれた男は豪快な笑みを浮かべながら、フィンに大剣を向ける。

「好《よ》き敵と見た！　名を名乗れ！　白い竜騎士!!」

「……フィン・ブロスト。アードラーの竜騎士です」

「皇族直下の竜騎士か！　面白い！　俺の名はロジャー！　連合王国竜騎士団所属！　黒竜騎士隊の隊長だ！　お前の首！　俺がもらおう!!」

そう言ってロジャーは一気に愛竜を加速させる。

それに合わせてフィンもノーヴァを加速させたのだった。

強い。

フィンは自らの後を追ってくるロジャーを見ながら、そう心の中で呟いた。

本気で動いて振り切れない相手というのは初めてだった。

しかもこちらの動きを予測しているのか、先回りをして必ず攻撃を近づけてくる。

今はそれを躱せているが、それもいつまで持つか。

「これが連合王国最強の竜騎士……！」

最精鋭である黒竜騎士を率いる隊長。その実力はウィリアムすら上回る。

名実ともに連合王国最強の竜騎士。

空戦技術では負けないまでも、上回ることができていない。

ならば攻撃でどうにか状況を変えたいところだが、ロジャーは大剣を盾にして雷撃を防いでいく。

攻防に優れ、隙がない。

武器の性能にせよ、単純な飛竜の力にせよ、どちらもフィンのほうが上だった。それでもロジャーは経験ですべてを埋める。

「くっ！」

迫るロジャーから距離を取るため、フィンは上昇する。だが、それを予想していたロジャー

はほぼ同時に上昇して距離を空けさせない。

「機動力を生かしての上昇か！　ほかの竜騎士ならまだしも！」

俺には通用せん。

ロジャーは大剣を一閃《いっせん》する。

身をよじるようにしてフィンは躱すが、その隙をついてロジャーは騎竜を回転させる。

尻尾による殴打。

予想外な攻撃だった。

ノーヴァがフィンをかばい、その尻尾の殴打を受け止める。

致命的なダメージにはならないが、サイズの違いのせいでフィンとノーヴァは大きく吹き飛ばされた。

「ぐうううう!!　ノーヴァ！　無事か!?」

「キュー！」

まだまだやれるとばかりにノーヴァが応じた。

それを見てフィンは安堵《あんど》するが、危機は去っていない。

ロジャーは健在で、いまだに前へ立ちふさがっている。

フィンが負ければ、ロジャーを軸に敵は攻め入ってくる。そうなれば輸送作戦は中断せざるをえないだろう。

逆にフィンがロジャーを倒せれば、敵は決め手を失う。

二人の戦いは戦場のバランスを左右するものだった。

墜ちるわけにはいかない。そのことがフィンの動きと判断を鈍らせる。

「日和《ひよ》ったか！」

また距離を取ろうとするフィンを見て、ロジャーは一気に距離を詰めにかかる。

何の解決にもならない意味のない行動。

それを無意識に取っていたことにフィンは愕然《がくぜん》とするが、ロジャーは待ってくれない。

逃げるフィンを巧妙に追い詰めていく。

まずいと思っても、一度劣勢に陥ってはひっくり返すのは難しい。

必死に攻撃を避けることだけにフィンは集中する。

そんな中、ランベルトの声がフィンの耳に届いた。

「殿下！　新手です!!」

16

チラリと視線を輸送部隊のほうへ移す。

三騎の竜騎士が隙をついて、防陣の内側に入り込んでいた。

黒竜騎士隊と第六近衛《このえ》騎士隊の戦いは完全に膠着《こうちゃく》状態だった。そのため、ほかの場所から低空で飛んできた竜騎士に気づくのが遅れたのだ。

また、負傷した第六近衛騎士隊の騎士たちは、輸送隊の護衛に回っていた。その代わり、最初に護衛をしていた騎士が乱戦に参加していたのだ。

それも気づくのが遅れた要因と言えた。

負傷した騎士たちは必死に火球を放つが、竜騎士たちはそれを弾き、一心不乱に輸送隊を狙いに行った。

降下中の大型飛竜に回避の手段はない。

中途半端な高さで兵糧を放したら、下にいる味方が下敷きになる。

だから誘導を行っていたカトリナたち、グライスナー侯爵家の竜騎士がその竜騎士たちの間に割って入る。

「これ以上行かせるな！」

「邪魔をするな！　半端な竜騎士どもめ！」

元々、技量に差はあった。

今は騎竜が疲弊しており、自らも万全とは程遠い。

それでもカトリナたちは立ちふさがった。

迫る槍《やり》を避けることもせず、自らの槍で受け止め、騎竜をぶつけにいく。

そうなると無視はできない。

「このっ！」

「ここは――通さない！」

「調子に乗るな！」

騎竜同士がぶつかりあっている状態で、槍での戦いが始まる。

本来、不利なら距離を取る場面だが、距離を取れば輸送隊への接近を許してしまう。

だからカトリナたちは一切、退《ひ》かなかった。相手が距離を空ければすぐさま距離を詰める。

だが、それは動きを制限すると同時に自らを死地に置くことでもあった。

竜騎士の槍がカトリナの肩に浅く刺さる。それに対して、カトリナはその槍を摑《つか》むことで対抗した。

ほかの竜騎士も同様だった。

文字通り、体で止めたのだ。

「くっ！　放せ!!」

「帝国の竜騎士を――侮るな！」

相手が槍を動かす度に激痛が走る。

それでもカトリナは手を放さない。

今、稼ぐ一秒がどれほど重要かよくわかっていたからだ。

まともにやって時間は稼げない。自らの騎竜に食料をわけていたグライスナー侯爵家の竜騎士たちは、カトリナを含めて全員立っているのがやっとの状態だったからだ。

傷を負いながら足止めを図るカトリナたちに、奇襲した竜騎士たちは得体のしれない恐怖を感じた。だが、彼らも止まるわけにはいかなかった。

長槍から手を離し、彼らは距離を取る。

そして剣を抜いて、痛みで動きの鈍いカトリナたちを仕留めにかかる。

それを遠目で確認したフィンは、六二式をそちらに向けようとして――やめた。

今、ロジャーを放置すればどうなるか。

戦況のことを考えれば、自分はここを動けない。

そう判断を下して、しかし迷いながらフィンはロジャーを迎え撃つ。

だが、心はすでにそこにはなかった。

「余所見《よそみ》とは舐《な》められたものだ！」

ロジャーはこれまでの技巧を凝らした動きとは打って変わって、強引で直線的な動きをしながらフィンに向かって大剣を振った。

その大剣を見ながらフィンはアルの言葉を思い出していた。

お前は初陣だ。きっと戦場で迷うこともあるだろう。その時は心の声に従え。

戦況のことを考えれば、離れるべきではない。

ロジャーの相手ができるのは自分だけ。

それでもフィンはカトリナたちのところに行きたかった。そのためにここにやってきたのだから。

不利は承知。勝手なことだろう。

頭ではわかっていた。

だが、いつまでも心が訴えかけてくる。

それでも、と。

「行くぞ――ノーヴァ」

そう呟《つぶや》き、フィンは後ろに飛んだ。

大剣は今までフィンがいた場所を通過する。

その行動にロジャーは目を見開いた。

初めて、フィンが予想外なことをしたからだ。

竜騎士にとって竜の背中は家も同然。そこから飛び降りるなど誰も考えない。

しかし、フィンはそれをやった。

ノーヴァから飛び、距離を空けて六二式をロジャーに向ける。

「この勝負、預けます」

そう言ってフィンは雷撃を放って、ロジャーの大剣を弾き飛ばす。

「ぐおぉ⁉」

武器を失うなどいつ以来のことだろうか。

驚き、思わず感心し、そして笑みが浮かんだ。

「なんて奴だ……！」

■■■

落ちながらフィンはカトリナたちのほうを見る。

状況は圧倒的不利。

退くこともできず、跳ね返す力もない。

それでも敵の竜騎士たちの動きを止めている。

その間に第六近衛騎士隊の騎士たちも向かっていた。

きっと間に合うだろう。だが、それはカトリナたちの無事を保証するものではない。

カトリナたちが命をかけるから、敵の竜騎士たちも無視できず、カトリナたちを仕留めることに時間を割く。

だから間に合うのだ。

それを許すわけにはいかなかった。

アルに言われたのだ。

助けてこいと。

「助けるんだ!!」

落ちながら六二式に魔力を充填《じゅうてん》していく。

自分がこのまま地面にぶつかるとか、落下中に攻撃されるとか。

そんな余計なことは考えない。

わかっていた。

信頼する相棒が自分の傍《そば》まで来ていると。

だからフィンはカトリナたちを助けることに集中できた。

「いけぇぇぇぇ!!」

放たれたのは十を超える雷撃。

それは真っすぐ城のほうへ伸びていき、カトリナたちと相対する竜騎士たちを直撃した。

意識の外からの攻撃だ。

彼らに防ぐ術《すべ》はなかった。

カトリナたちの前で、彼らは力なく地面に落下していった。

カトリナは雷撃のほうへ目を向ける。

そこではフィンが落下していた。

「フィン!?」

ありえない光景にカトリナは思わず手を伸ばす。

だが、手が届くわけがない。

その代わり、視界にフィンと落下速度を合わせるノーヴァが映った。

そしてフィンがノーヴァの手綱を掴み、空中で騎乗するのが見えた。

「なんて無茶《むちゃ》を……」

離れ業もいいところだった。

戦闘中じゃないところでさえ、怖くてできないだろう。

愛竜への信頼。そして自分の技量を信じられないならとてもやれない。

それをフィンは戦闘中にやっただけでなく、落下中に攻撃までしてみせた。

だが、安心は束《つか》の間《ま》。

フィンの後ろには一人の黒竜騎士が迫っていた。

「くっ！　頑張れ！　ノーヴァ！」

「キュー!!」

フィンを乗せたノーヴァは急降下からの減速に入っていた。

翼を広げ、懸命にノーヴァは速度を殺し、なんとか城の城壁に着地する。

ノーヴァを通して伝わる大地の感触にフィンはほっと胸を撫《な》でおろすが、後ろには突撃してくる黒竜騎士がいた。

「その首、もらうぞ！」

「!?」

完全に背後を取られていた。

いくらノーヴァでも、地面に着地したばかりでは動きが鈍い。

咄嗟《とっさ》に振り返ったフィンは、突き出された槍を片手で受け止め、六二式で迎撃するしかないと覚悟を固めた。

今更傷つくのは怖くはない。

そんな時期はとうに過ぎていた。

しかし。

「良く飛んだ。若い竜騎士」

「え？」

フィンの頭の上。

何かが着地し、喋《しゃべ》っていた。

そして突き出された槍は弾《はじ》かれ、代わりに黒竜騎士が飛竜の上から吹き飛ばされる。

何が起きたのか。

理解が追い付かないフィンの前にその人物は姿を現した。

「ジーク様。華麗に参上！」

「……熊？」

「愛らしいだろ？」

ニヤリと笑う子熊を見て、フィンは顔をひきつらせたのだった。

17

城の上空で激しい空戦が繰り広げられている頃。

地上でも動きがあった。

「全軍前進！　この機に城を落とす！　落としてしまえば兵糧など意味はない！」

指揮官代理を務めるバルテル将軍はそう言って攻撃指示を出した。

それはもちろん戦術的に正しい行動だった。

地上で圧力をかければ、輸送に人員が割けなくなる。さらに食事をして、休息をとることで兵士は回復する。

その休息の時間を与えないという意味もあった。

だが、それとは別にバルテル将軍には焦りがあった。

「くそっ……！　ウィリアムめ！」

兵糧基地への出動をバルテル将軍は要請してしまった。

つまり、罠《わな》にかかった責任の大部分はバルテル将軍が負うことになる。

ウィリアムは考え込むふりをして、万が一のときの責任をバルテル将軍にかぶせたのだ。

無事に兵糧が運び込まれてしまったら、バルテル将軍は前線から外されるだろう。もしかしたら将軍の地位も危ういかもしれない。

なんとしても兵糧を運びこませるわけにはいかない。

顔をしかめながら、バルテル将軍は次々に指示を出していく。

戦場で武功をあげて将軍に上り詰めただけあり、バルテル将軍はこの事態に柔軟に対処していた。

城の包囲を縮め、攻城兵器での攻撃を中心に敵へ圧力をかけていく。

投石器の攻撃が飛竜に当たることはまずないが、まぐれあたりで輸送部隊に当たるかもしれない。そう敵に思わせるだけで効果はある。

あとは空の結果次第だった。

ウィリアムが敵を抜くことができれば、輸送は中断させられる。

自分に責任をかぶせたウィリアムを頼りにしなければいけない。そのことにバルテル将軍は忌々しさを覚えたが、それを内に封印する。

「全軍にウィリアム王子の名を叫ばせよ。士気をあげれば勝率もあがる」

微々たる効果だ。それでもやらないよりはマシだった。

だが、バルテル将軍は傍に仕える兵士の返事がないことに疑問を抱く。

今、バルテル将軍がいるのは臨時の指揮所。そこには多くの指揮官がおり、バルテル将軍の指示を各部隊に伝達している。

必ず伝令の兵士が待機しており、バルテル将軍の言葉を聞き逃すなどありえない。

「まさか……!?」

バルテル将軍は腰の剣に手をかけ、後ろを振り返ろうとする。

指揮所にいる面々の目は前方の城にある。

後ろの異変には気づきにくい。

やられた。

そう思ったときには、バルテル将軍の腹から刃《やいば》が生えていた。

「ぐっ……」

「ご明察です、将軍。お命、頂きに参りました」

後ろにいたのは小柄な兵士だった。

だが、バルテル将軍配下の兵士ではない。

もちろんウィリアムの配下でもない。

「このっ……卑怯者《ひきょうもの》め……」

「反乱を起こした者に卑怯者と呼ばれる筋合いはありません。それにだまし討ちも戦術ですよ」

そう言って兵士は剣を引き抜く。

バルテル将軍はその場で大きな音を立てて崩れ去った。

それでようやく指揮所にいた者たちは、バルテル将軍が襲われたことに気づいた。

一気に指揮所が混乱に陥る。

だが。

「落ち着け！　将軍を治療せよ！　我々は刺客を追う！」

近くにいた騎馬隊が指揮所の混乱を抑え、逃げ去った刺客の兵士を追っていく。

指揮所にいた者たちは彼らに追手を任せ、バルテル将軍の下へ駆け寄る。

「将軍！　お気を確かに！」

「傷をおさえろ！　出血がひどい！」

「ばか、もの……」

バルテル将軍は側近たちの治療を止める。

もはや助かる傷ではない。

わざとだと直感でわかった。即死ではない程度、しかし出血で手遅れな傷をあえて与えたのだ。

理由はなにか？

側近たちをバルテル将軍の治療に向かわせるためだ。

その間、地上部隊は指揮官不在となり、混乱に陥る。その時間が長ければ長いほど、混乱はひどくなる。

そして、理由はもう一つ。

「この場に騎馬隊など……おらん……」

血を吐きながらバルテル将軍は呟《つぶや》く。

近場の部隊の配置は把握している。

この場に騎馬隊はいない。すべて前線のはずだ。

つまり。

「あの部隊も……敵だ……」

「はい!?　将軍!?　もう一度お願いします！　聞き取れません！」

バルテル将軍はその言葉を聞き、喋ることを諦めた。

もはや後を追うのも難しいだろう。

すべてを諦め、バルテル将軍は体から力を抜いた。

心残りは一つ。

「非力な部下を……お許しください……ゴードン殿下……」

仕えた主《あるじ》の覇道をこの目で見れなかった。

だが、それも悪くないと思えた。

もしも悪い結果のとき、それも見ないで済む。

幸せな夢の中で死ねるなら本望だった。

ゴードンが玉座に座る瞬間を頭の中で描きながら、バルテル将軍はゆっくりと目を閉じたのだった。

■■■

「お見事です。ヴィンフリート様」

「見事なものか。敵が油断していただけだ」

もっと上手《うま》くできたはずだと、不機嫌そうなヴィンを見ながら、伝令に扮《ふん》していたリンフィアは苦笑する。

レオの軍師であるヴィンは自己評価が恐ろしいほど低い。

「ですが、将軍を討って見事な脱出もできました」

「こんなのはアルの猿真似《さるまね》だ。見事というならアルの発想が見事だっただけだ」

ヴィンは奇抜な発想とは無縁な軍師だった。

自分から新しいものを生み出すタイプではない。

それゆえにヴィンは自らを三流軍師と位置付ける。

だが、そんなことはないというのがリンフィアの評価だった。

その証拠にヴィンは三千の精鋭を率いて支城にこもり、何倍もの敵軍を防いでみせた。

使った戦術に目新しいものは確かになかった。しかし、その状況では最適な戦術を素早く繰り出した。

今回のように敵軍に侵入というアイディアを生み出せずとも、それをすぐにアレンジできる力もある。

「自分に厳しすぎるのはどうかと思いますが？」

「自分に厳しいんじゃない。オレは将来の皇帝の軍師だ。多くのことができて当たり前というだけの話だ」

視点を高く設置し、自らの上にいる者たちを基準とする。

それがヴィンという人間の歪《ゆが》んだ点だった。

だが、その強い向上心はレオに通じるものがあった。

臣下は主君に似る。

実は良いコンビなのかもしれないと思いつつ、リンフィアは城へ目をやる。

「ジークは間に合ったでしょうか」

「どうだかな。まぁ戦場で子熊が歩いていても、誰も気にしない。しれっと城に入れるだろ」

敵の竜騎士団が移動を始めた時点でヴィンは奇襲部隊を編成し、敵の将軍を討ちとるために動いていた。

その過程でヴィンはジークを城に向かわせた。

一人くらい手練《てだ》れがレオの傍《そば》にいたほうがいいと思ったからだ。

主戦場は空。いくら手練れでも空は飛べない。

役に立つかはわからないが、いないよりはマシだろう。

そんな考えを抱き、ヴィンは自分の至らなさに苛立《いらだ》ちを覚えた。

もしも役に立たなかったら貴重な駒をみすみす浮かしたことになる。

自分の考えの甘さに嫌気がさし、不機嫌になったヴィンを見て、リンフィアはため息を吐《つ》くのだった。

18

「今だ！　レオナルト皇子を討て!!」

フィンが地上まで下がり、敵の陣形が乱れた。

その隙を逃さず、黒竜騎士たちはレオを狙いに動く。

させるかと、第六近衛《このえ》騎士隊はレオの周りを固める。

だが。

「違う！　狙いは僕じゃない！」

レオを本気で狙うならばウィリアムとロジャーが真っ先に動く。

だが、二人はレオの視界からいなくなっていた。

本命は違う。

そしてその本命にレオは気づいていた。

「全員、自分の身を守れ！　狙いは魔導杖《じよう》だ！」

わざわざ負傷した近衛騎士たちを後方に下げたのは、敵にみすみす魔導杖を奪われるのを避けるためだ。

輸送部隊の護衛を多少手薄にしても、それをするだけの価値が魔導杖にはあった。

空での大きなアドバンテージ。

それをウィリアムとロジャーは狙いにいっていた。

第六近衛騎士隊はレオの護衛に動いた。

広がっていた陣形が縮まり、レオを中心として密集しているが、離れたところで竜騎士と戦っていた近衛騎士はそれに間に合わなかった。

一瞬の孤立。

それを見逃さず、ウィリアムとロジャーはその近衛騎士に狙いを定めていた。

「くっ！」

「右だ！　ロジャー！」

「了解！」

ウィリアムとロジャーによる挟み撃ちを受け、近衛騎士は身動きが取れなくなった。

そしてもはや勝てぬと悟ると、自ら魔導杖を抱えて天隼《てんしゅん》から飛び降りた。

渡すわけにはいかなかったからだ。

地面に落ちれば回収できるかもしれない。ここでやられれば確実に奪われる。

近衛騎士らしい忠誠心だった。

しかし、飛び降りる瞬間。

ロジャーの剣が近衛騎士を貫き、魔導杖を持つ腕をウィリアムがつかみ、腕ごと魔導杖を切り落として奪い去った。

「全軍撤退！　もはや兵糧輸送は止められん！　これ以上の被害は出すな！」

「くそっ！　追え！　竜王子を逃すな！」

ランベルトが指示を出し、第六近衛騎士隊が追撃態勢に入る。

それにフィンも上がってきて加わる。

だが。

「追撃はしなくていい。こちらの被害が増えるだけだ」

「ですが！」

「必要ない」

レオはそういうと一人だけ少し前に出た。

それを見て、撤退に入っていたウィリアムもレオと向き合う。

「兵糧はくれてやろう。その代わり技術はもらう」

「さすがは竜王子。ただでは転びませんね」

「……余裕だな？」

「そう見えますか？」

レオの言葉と表情に変化はない。

それでも絶対の自信がどこからか感じられた。

気を引き締めねば。

ウィリアムはそう決意を新たにして、その場を去る。

「フィン・ブロスト！　アードラーの竜騎士！　勝負はお預けだ！　次は必ずその首をもらうぞ！」

そう言うとロジャーもウィリアムの後を追って、その場を去った。

レオはそのまま去っていく彼らから目を離さず、輸送と兵糧の分配を急ぐように指示を出す。

「終わった……」

「いいや、始まりだよ」

「殿下？」

「僕がここにいる以上、ウィリアム王子は自由には動けない。できるだけ彼を引き留める。これからはそのための戦いだ。君にも手伝ってもらうよ？」

「はっ！　必ずお役に立ちます！」

そう言ってフィンは頭を下げる。

こうして兵糧輸送作戦は無事成功したのだった。

# 第二章　シュヴァルツ

*Episode 2*

## 1

ツヴァイク侯爵領は北部の中心近くにある。

東側をゴードンが抑えたため、現在は戦線に近い領地となってしまっていた。

そのツヴァイク侯爵領の領都・デュース。

そこに俺たちは向かっていた。

「ツヴァイク侯と言えば親皇族派筆頭のご老人ですが、若様と何かご縁があるのですか？」

デュースの街が近づいた頃。

ラースが俺に訊《たず》ねてきた。

俺はどう答えるべきか迷った。

そもそも質問が間違っているからだ。

「そもそも……ツヴァイク侯爵は親皇族じゃない」

「はい？」

「ツヴァイク侯爵は皇太子の死後も欠かさず帝都での式典や祭事に顔を出した。北部貴族の代表としてな。そのことで親皇族として見られているが、実際は違う」

「行動からは親皇族と思われますが？」

「行動は、な」

皇太子の死後、北部貴族への冷遇は始まった。

最初は態度が冷たかっただけだが、皇太子の死は自分たちのせいではないという気持ちがある北部貴族はそれが許せなかった。

このとき、北部貴族たちが帝都にいる者たちの気持ちを少し察していれば関係は冷え込まなかっただろう。或《ある》いは、帝都にいる者たちが感情をもう少し抑えられれば……。

しかし、両者の関係はどんどん冷え込んだ。

一人、また一人と北部貴族たちは中央から遠ざかっていき、遠ざかっていくから陰口は止まらず、北部貴族への当たりは強くなっていった。

そんな中でも中央との交流をやめなかったのがツヴァイク侯爵だ。

だが、それは断じて親皇族派だからではない。

「あの人が想《おも》っていたのは帝国だ。皇族と北部貴族の反目が続けば、やがて国が割れる。それを憂えてあの人はずっと北部貴族の代表として顔を出し続けた。怨嗟《えんさ》の声を浴びる的であり続けたんだ。どれほど不当な扱いを受けようと、あの人は声をあげなかった。それで皇太子を失

った悲しみが薄れるならば、北部全体に矛先が向かないならば、それでよいと考えて」

好き好んで帝都に来ていたわけじゃない。嫌に決まっている。

それでもあの人は来た。

帝国は皇太子を失い、ぐらついた。その立て直しのために父上は藩国に侵攻するという一番簡単な方法を使えなかった。

感情のはけ口がなければ怒りはくすぶる。

北部貴族へ向けられていたのは皇太子を失ったという悲しみと、藩国への怒り。その代替として北部貴族は責められた。

理不尽だと思う気持ちはわかる。父上は知っていながら何もしなかった。北部貴族への冷遇をやめるようにいえば、別のはけ口を探す必要がある。

父上はそれを用意できなかった。自分もいっぱいいっぱいだったからだ。

そんな父上にとってツヴァイク侯爵は救い主も同然だった。

国のため、ツヴァイク侯爵は怨嗟の受け皿になった。

陰口では足りない。抱えた怒りが大きすぎて、発散させる何かが必要だった。だからツヴァイク侯爵が来ることには意味があった。

「あの人は忍耐し続けた。北部貴族への理不尽な怨嗟を一人で抱えたんだ。皇族が好きだから帝都に喜々として足を運んでいたわけじゃない。国のために心を削って帝都に来ていた。反論すら許されず、ただ怨嗟の声を浴びたんだ。すべて……国のため、民のためだ」

本来、それは皇族がすべきことだ。

皇太子を失ったならば、それに代わる旗印を掲げ、国を上手に治めるのが皇族の仕事。

それなのにできなかった。だから一人の老人にすべてを押し付けた。

「なるほど……若様が尊敬するのはそういう人物だからですか」

「まぁ、そんなところだ」

そう言って俺は会話を切った。

これ以上は人に話すことでもない。

俺の心にある大切な思い出だ。

幼い頃、まだ皇太子が健在だった頃。

俺はギードたちにいじめられていた。

それは常習化していたことで、厄介なのはギードだけじゃなくてその取り巻きたちも参加していた事だ。

子供の頃から俺は知っていた。皇族としての身分を使えば、他者を傷つけると。

だから使わなかった。使えなかった。

怖かったからだ。

いじめられた。

その一言を父上に告げれば、彼らはいったいどれほどの罰を受けるのか。

考えれば考えるほど言い出せなかった。そのうち常習化し、彼らの罪は重くなっていく。そ

うなるとますます言い出せなかった。

臆病だった。そして愚かだった。

すぐに言い出さないから事が大きくなる。

ギードだけなら言い出せたかもしれない。ギードは大貴族の息子だ。叱責だけで済むだろう。

しかし、ほかの取り巻きは？

ホルツヴァート公爵家との関係で、嫌々ながらもギードと一緒にいた貴族の子供もいた。彼らはギードの命令を断れなかった。

きっと言い出せば彼らの家は取り潰される。

巻き込んだのはギードだ。しかしすぐに言い出さず、ギードのストレス発散対象の座に収まり続けたのは俺だ。

こうしてどんどん貴族の子供が巻き込まれていった。やがて出涸《でが》らし皇子と揶揄《やゆ》され、嘲笑の対象となった。

そうなるともう言い出せなかった。

父上の性格はよく知っていた。俺から言い出さなければ何もしない。だから何も言わなかった。俺が耐えればそれでいいんだと思った。

そのうち、それにも慣れた。

そんなころにツヴァイク侯爵と出会った。

ギードたちを一喝し、侯爵は俺を助けてくれた。

あの時、俺は迷惑そうな顔をしていたはずだ。多くの貴族は助けに入らない。自己主張のない皇子よりも、ホルツヴァート家の長男のほうが怖いからだ。

それでも助けに入る貴族がいなかったわけじゃない。最初の頃はいた。彼らをかばうのは一苦労だったから、正直迷惑だと思った。

だけど、ツヴァイク侯爵は善意だけで助けたわけじゃなかった。

今でもあの時の言葉は忘れない。

「お初にお目にかかります。帝国北部貴族、ツヴァイク侯爵と申します。殿下は——ご立派ですな。その行いに、このツヴァイク、心底感服いたしました。お見事です」

慰められたことはあった。

叱咤《しった》されたこともあった。

だが、褒められたのは初めてだった。

俺がただ黙っている理由をツヴァイク侯爵は察してくれた。

「殿下はお優しく、強くあられる。私もあなたのようでありたいものです」

そう言ってツヴァイク侯爵は去っていった。

それを伝えるためにギードたちを一喝し、俺に臣下の礼を取った。

きっとあれがあったから、自分は間違っていないと思えた。

状況を改善するのは簡単だった。しかし、そうすると多くの血が流れただろう。

ラウレンツがいい例だ。どれだけ上手《うま》く収めようとしても誰かは死ぬ。騒動とはそういうも

のだ。

状況に介入できない子供の頃に父上へ泣きついていたら、望まぬ結果を招いていただろう。

だから感謝している。尊敬している。

いつか恩を返したいと思っていた。

この三年間。俺はツヴァイク侯爵に何もできなかった。ツヴァイク侯爵も助けを求めてはいなかった。

俺にできることはシルバーとして帝国の問題を取り除くことだけだった。だが、今は違う。

こうして皇子として動き始めた。

この機会に北部貴族と皇族の関係を変える。それができなければ勝ちはないのだから。

共にそれを行えるならどんなにいいだろうか。

少しは成長したのだと見せることができる。

あの時、膝をついたのが間違いではないと侯爵に思われたかった。

「若様、もうすぐデュースが見えます」

「そうか。では手筈《てはず》通りに頼むぞ？」

道中、詳しい設定は練りこんだ。

ネルベ・リッターがボロを出さなければ俺の正体には気づかれないだろう。

北部貴族は中央と関わりをほとんど持たない。

つまり皇族の顔なんてほとんどわからないということだ。

特徴はわかるだろうが、黒髪黒目だけじゃ俺だと気づくには薄い。ましてや俺は帝都で寝ているはずだ。

正体に気づく奴《やつ》はきっと奇特な人間だろう。

そんなことを思っているとデュースの街が見えてきた。

だが、そこでは。

「若様！　煙が上がっています！　何か起きているようです！」

「見ればわかる！　続け！」

俺は乗っていた馬の腹を蹴って走り出す。

その後をネルベ・リッターも追ってくるのだった。

デュースの街の門にたどり着いたとき。

中で巨大な落雷が発生した。

今は昼間。しかも青空だ。

自然現象ではない。

「魔法ですな」

「しかもかなり強力だぞ」

現代魔法であることは間違いないだろうが、使用者は相当レベルが高い。

高レベルの魔導師が中にはいる。

どういう状況だ？

門番もいないし、あまりにも無防備だ。

俺たちはそのままデュースの街へ入っていく。

心臓が嫌な予感で高鳴るのがわかる。

俺の嫌な予感はよく当たる。

だから馬を先へ先へと進ませた。

そしてデュースの街の広場。そこにたどり着いた俺が見たのは対立だった。

両陣営ともに騎士がいた。だが、片方は山賊らしき者たちと共におり、片方は泣いている領民たちを背にかばっている。

どちらが民の味方か。一目瞭然だった。

周囲にはいくつか燃やされたらしき家屋があり、荒らされた痕跡がある。

数は山賊たちのほうが圧倒的に上だ。

だが、そんなことは俺にはどうでもよかった。

広場の中央。

そこは焦げ付いていた。そこにさきほどの落雷は落ちたんだろう。

その手前。

そこに黒い棺《ひつぎ》が置かれていた。

様式を見るに行われていたのは盛大な葬儀。

その途中に山賊たちが乱入したといったところだろう。

「シリングス！　恩ある領主様を裏切るとは！」

「その領主様が死んだんでな！　もう義理はねぇ！　俺はゴードン殿下に付かせてもらうよ！

たんまりと金はくれるっていうんでな！」

言葉が耳に入ってくるのに、中身が理解できない。

ただゆっくりと馬を進めていく。

後ろでラースが何か叫んでいるようだが、それもよく理解できない。

ボーっとしながら馬を進め、両陣営の間に割って入る形になった。

突然出てきたよそ者を見て、山賊の男が俺の前に立ちはだかった。

「ああん⁉　なんだてめぇは⁉　もうここは俺たちのもんだぞ⁉」

「……黙れ。殺すぞ？」

「ひ、ひぃぃぃぃぃ⁉⁉」

殺気をこめて睨《にら》みつける。

すると山賊の男が尻もちをついて後ずさっていく。

それを見たあと、俺は馬を降りてフラフラと棺に近寄った。

そこに書かれていた名は。

「アダム・フォン・ツヴァイク侯爵……！」

ツヴァイク侯爵のフルネームだった。

なぜとか、どうしてとか。

理由を探す言葉が頭を回る。だが、それなのに死という言葉を理解できなかった。
死んだんだと冷静に受け止める俺と、理解できないと混乱する俺がいる。
感情がごちゃまぜになり、制御できなくなっていく。
ゆっくりと棺に手を伸ばすと、冷たい感触だけが返ってきた。
その冷たさが俺に死を理解させる。
俺の恩人は死んだのだ。
「何をしてやがる！　さっさとそいつを殺せ！」
さきほどシリングスと呼ばれていた若い騎士。
状況的に考えればツヴァイク侯爵を裏切り、葬儀の最中に山賊を引き入れたんだろう。
ゴードンの調略に引っかかった愚か者。
ツヴァイク侯爵の葬儀を汚し、この街を荒らす不届き者。
ああ、そうだ。
感情を整理する言葉が一つあった。
シリングスが言った言葉だ。
殺せと命じればごちゃごちゃした感情がすべてすっきりする。
そう命じれば殺すだろう部下もいる。
制圧なんて余裕だ。皆殺しにしてしまえばいい。
それなのに。

簡単な言葉が出てこない。言おうとすればするほど、心が拒絶する。

わかっている。

侯爵に成長した姿を見せたかった。膝を折ったのは間違いではなかったと証明したかった。

それなのに過去にできたこともできず、醜態をさらすわけにはいかない。

ツヴァイク侯爵は感情に支配されず、先を見た俺を評価した。

あの時も簡単な言葉を口にしなかった。楽な道を選ばなかった。

それなのに今、その道を選ぶわけにはいかない。

「あなたのすごさが改めてわかります……」

感情を制御するのは難しい。

ツヴァイク侯爵は理不尽に黙々と耐え続けた。

ずっと押し殺したんだ。その先に待つ未来のために。

それが最善だと信じて。

そんな人の前で、格好の悪いことはできない。

自分の感情の整理なんて自分の中で終わらせろ。殺せと命じて何になる？　俺がすっきりするだけだ。

それよりも命じなければいけないことがある。

俺の目的は隠密《おんみつ》行動。

そして北部貴族の説得。

それならやることは一つだ。

「この地は北部で最も偉大な貴族が治めた地だ。混乱は似合わん。そして賊も――必要ない。領民を守れ！　これ以上、誰も傷つけさせるな!!」

「お任せを」

そう言ってラースが山賊たちの前に躍り出て、瞬時に数人を制圧する。

そして。

「無力化でよろしいですかな？」

「ああ。殺すのは最小限にしろ。首謀者は捕らえろ」

「はっ！」

黒いマントを着たネルベ・リッターが剣を抜いて、山賊たちを追い詰めていく。

彼らと共にいた騎士たちは早々に捕らえられる。

さすがはネルベ・リッターというべきか、一人も逃していない。

皆殺しを命じていれば、混乱は増していただろう。被害は増え、逃げる山賊たちもいたはずだ。

これでよかった。そう思う反面、心には空虚さが残る。

もはやほぼ鎮圧は終わった。

俺は棺に視線を移し、再度触れる。

「やっぱり冷たいな……」

どうしてこう上手《うま》くいかないんだろうか。

母上の病気は治らないし、大恩人は駆け付けたときにはもういなくなっている。

国のため、民のためとレオを皇帝に推しているのに、その帝位を巡る争いで国と民が困窮する。

俺はどうして何事も上手くやれない？

「あなたの助言が欲しかった……」

ゆっくりと俺は棺に触れていた手で拳を握る。

スーッと頰《ほお》に水が伝う感触があった。

「泣いてるの……？」

視線を向けるとそこには侍女に支えられた金髪の綺麗《きれい》な少女がいた。

長い髪を左右で結び、長い簡素な白い服を着ている。病気なのか顔色は悪く、立っているのも辛《つら》いといった感じだった。

まさに病人という印象の少女。

その少女の目は、左目は緑、右目は赤みがかったブラウン。

虹彩異色《オッドアイ》。そのせいだろうか、少女からは相当な魔力を感じる。

その目には涙がたまっていた。

「君も泣いてるな……」

「泣くわよ。そりゃあ……だって私はあなたが触れてる棺に眠る人の孫娘だから……」

「……そうか。侯爵はどうして亡くなった？」

「ずっと寝たきりだったの。先日、体調が悪化して……戦争のせいね。心労がお爺様《じいさま》の寿命を縮めたの」

「……残念だ」

その言葉に様々な感情を込めながら、俺はゆっくりと少女の前に膝をついた。

「俺の名はシュヴァルツ。傭兵《ようへい》団を率いている。昔、侯爵に助けられた。大恩ある侯爵の力になれるかと思ってやってきた」

「黒《シュヴァルツ》か……偽名？」

「父から受け継いだ」

「そう……私の名はシャルロッテ。助かったわ、シュヴァルツさん。ゆっくりと葬儀ができる。あなたも……参加してくれる？」

「もちろんだ」

「ありがとう……」

悲し気にシャルロッテは呟《つぶや》くと、苦し気にせき込んだ。

その姿がなぜか母上と重なり、俺は咄嗟《とっさ》に視線をそらしたのだった。

## 2

葬儀は粛々と行われた。

派手さはなく、領民は皆泣いていた。

そして夜。

助けてくれたということで、俺は領主の館に部屋をもらうことができた。

本来ならツヴァイク侯爵と今後のことについて話すつもりだったが、予定は大きく狂ってしまった。

北部貴族の説得にはツヴァイク侯爵の力を借りるつもりだった。説得するには会ってもらう必要がある。

人脈という力が俺には必要だ。なにせ今の俺は何の功績もない傭兵団の若団長。

会ってもらうために一々正体を明かしていたら、俺の存在が漏れてしまうし軽くみられる。

やはり身分を明かすタイミングはこちらで選びたい。

北部貴族に絶大な影響力を持つツヴァイク侯爵はもういない。すべての北部貴族はツヴァイク侯爵に借りがあり、ツヴァイク侯爵の頼みなら断らなかったはずだ。

有力貴族を集めて、会議を開いてもらおうかと思っていたが、もうそれは使えない。

「困ったもんだ」

「何が困ったの？」

部屋の中で呟いたのに、返事があった。

ふと部屋のバルコニーを見ると、そこにはシャルロッテがいた。

しかもバルコニーの柵に腰かけている。

昼間は病人のようだったのに、やけに元気だな。

「……危ないぞ？」

「平気よ。今日は体調がいいから」

そう言ってシャルロッテはニヤっと軽い笑みを浮かべた。

全然信用できない。

「体調の問題じゃない。落ちたらどうする？」

「うーん……痛い」

「わかってるならやめろ」

「だって風が気持ちいいんだもん。シュヴァルツさんも来たら？」

そう言って彼女はアハハと笑う。

コロコロと表情の変わる子だ。

祖父を失ったばかりの孫娘とは思えない。

「俺は傷心なんだが？」

「私も傷心よ。誰かと話したい気分なの。話し相手になって」

「はぁ……」

どこかに行くという選択が彼女にはないらしい。

諦めてバルコニーに出ると、シャルロッテは両足をブラブラさせながら空を見上げていた。

星空が綺麗だ。

「お爺様にどんな恩があったの？」

「……子供の頃、助けてもらった。それだけじゃなく、道も示してくれた」

「お爺様らしい。お人よしだから」

「……惜しい人を亡くした。もっと早く来れていればよかったんだが」

「ベッドからずっと起き上がれなかったから、気にしないで。医者も手の施しようがないって言ってたわ。ずっと心労を抱えてたし、しょうがないの」

シャルロッテは呟いたあとにため息を吐《っ》いた。

心労の原因は北部貴族と皇族との対立だろう。危ういバランスを侯爵が一人で担ってきた。健康にいいわけがない。

「……一つ聞いても？」

「どーぞ。なんでもいいわよ」

「なぜ反乱を許した？　領地の騎士はあれだけなのか？」

「……北部で起きてる戦争は知ってるでしょ？　それであちこちの治安が悪化してるの。騎士たちは領内に散っているわ。だから反乱を許したの。あとは私のせい」

「君の？」

まさか自分のせいだと言うとは。

予想外だったせいで聞き返してしまう。

シャルロッテは気にした様子もなく頷《うなず》く。

「そう、私のせい。私ってこれでも超強い魔導師だから」

「……」

「あー、疑ってるなぁ。本当なのに」

「疑ってない。君が強大な魔力を持っているのはわかるし、街に入る前に巨大な落雷も見た」

「そうそう。それが私の魔法。けど、具合悪くなっちゃって……調子が良ければあの程度の数なら問題なかったわ」

それはあながち間違いじゃないだろう。

あのレベルの魔法を簡単に撃てるなら制圧は難しくなかったはずだ。

シャルロッテの力を頼りにして、騎士を各地に派遣していたというところか。それで自分のせいだと。

まぁ言いたいことはわかる。

だが。

「病気持ちの人間を戦力に数えるのは感心しないな」

「私の病気は特殊だから。ほとんどの時は調子がいいの。ただ、突然立っているのも辛くなる

ほどの発作が起きちゃうの。いつ来るかわからないし、すぐに回復するときもあれば長引くときもある。まさか魔法を撃った直後に発作が来ると思わなくて……」

「俺たちが来て助かったな」

「そうね。ありがとう」

本当に感謝しているんだろう。

その言葉には格別の想《おも》いが込められていた。

あの騒動で領民の死者は出なかった。怪我人《けがにん》が数人だけ。家屋の被害も最小限だ。

山賊が街に引き入れられたにしては奇跡的な結果だろう。

だからこそ、俺たちは感謝されている。

だが、その感謝は本来向けられるべきじゃない。

どうして北部が荒れているのか？

ゴードンが北部に拠点を作り、レオがその討伐に赴いたからだ。

両軍のにらみ合いにより、治安は悪化している。軍の脱走兵からなる山賊や、運び込まれる物資を狙った盗賊などが横行するようになった。

すべて皇族の責任だ。

そんなことを思っているとシャルロッテは冷たい表情で街を見つめていた。

「……もしも、街に被害が出てたらどうなってたのかしら？」

「さぁな。他の領主が動いたんじゃないか？」

「そうよね。お爺様は人望があったから……でもね、私は北部貴族が嫌いなの。全部お爺様に押し付けた。今更助けられたって感謝なんてしないわ」

「……じゃあ皇族はもっと嫌いか？」

「そうね。世界で一番嫌いかも。お爺様を不満の受け皿に使って、挙句の果てには北部で戦争を起こしてる。そのせいでお爺様は……」

シャルロッテの気持ちはよくわかる。

ツヴァイク侯爵の親族ならば当然の感情だろう。

皇族は北部貴族はもちろん、ツヴァイク侯爵にも何にも報いていない。

北部での争いを起こさないようにツヴァイク侯爵は尽力してきた。それなのに北部で戦争は起きてしまった。帝位争いのせいで、だ。

「皇帝も嫌い。皇子も皇女も嫌い。でも一番許せないのはゴードンだわ」

「本来、北部貴族に寄り添うべき皇子だからな」

「そうよ！　それなのにゴードンは何もしなかった！　皇帝の歓心を買うことだけ考え、反乱に失敗したら北部に逃げ込んで戦火を持ち込んだ！　絶対に許せない！　この地は……お爺様がずっと守ってきたのに」

「それは同感だ。だから俺も侯爵の下にやってきた。あの皇子を放置するとは思えなかったからな。何か力になれると思った」

「……お爺様はひっそりと動いていたわ。北部貴族たちに手紙を書いていたの。北部の問題に

ついて話し合おうって手紙よ」

「さすがは侯爵だな」

安易にレオと手を組めとは言わない。

それは北部貴族の神経を逆なでするからだ。

話し合いの結果、納得する答えを導きだそうとするのが侯爵らしい。

「その手紙は？」

「保管されてるわ」

「なら、君が後を継ぐか？　協力するぞ？」

ツヴァイク侯爵の遺書ともいえる。

それがあれば北部貴族の多くは心を動かすだろう。

孫娘が立ち上がれば効果は絶大だ。

だが。

「無理よ。お爺様しか説得できない人への手紙がないもの」

「……ローエンシュタイン公爵か」

「そう。あの人が動かないなら北部貴族は動かない。頑固者だから何を言っても無駄よ。可能性があったのはお爺様だけ。けど、もうお爺様はいないわ」

「君でも無理か？」

「私だから無理なのよ。血のつながった孫の言葉で動くような人じゃないわ。それに私はあっ

ちのお爺様が嫌いだし」

「……なに？」

今、シャルロッテは何と言った？

血のつながった孫？

どういうことだ？

「ああ、言ってなかったわね。私はシャルロッテ・フォン・ローエンシュタイン。私の父はローエンシュタイン公爵の息子で、私の母はツヴァイク侯爵の娘なの」

それはつまり。

ゴードンの従妹《いとこ》ということでもあるということだった。

3

「セバス」

「は、ここに」

翌朝。

俺はセバスを呼び出した。

一介の傭兵《ようへい》団の団長が執事まで連れていては怪しいため、セバスには情報収集を命じていた。

まぁそれ以外にもいろいろ命じているが。

今必要なのは情報だ。

「シャルロッテは一体何者だ？」

「ローエンシュタイン公爵の次男の娘です。ローエンシュタイン公爵の子供は三人。長男と次男、そして長女。長男が家督を継ぐことは決まっていますが、体が弱く頼りないため、ローエンシュタイン公爵家の中ではシャルロッテ嬢をその後の当主にという声もあるそうです」

「長男に子は？」

「娘が一人だけ。まだ幼いそうです」

「……シャルロッテの両親は？」

「亡くなっております。シャルロッテ嬢は三年前まではツヴァイク侯爵家の跡取り娘として育てられていたそうですが、ツヴァイク侯爵の意向でローエンシュタイン公爵家の下へ戻されました」

たしかツヴァイク侯爵の子供は娘のみ。

ローエンシュタイン公爵家には一応の跡取りがいる。本来ならシャルロッテはツヴァイク侯爵家の跡取り娘として育てられているのが普通だ。そうでなければツヴァイク侯爵も娘の結婚など認めないだろう。

家が断絶してしまうからだ。

だが、貴重な跡取り娘をローエンシュタイン公爵家に戻した。

それはきっと配慮なのだろう。

「自らが誹謗中傷《ひぼうちゅうしょう》に晒《さら》されるから、シャルロッテを遠ざけたのか……」

「そのようです。シャルロッテ嬢は侯爵の容態が悪化したため、その看病に来ていたそうです。元々は跡取り娘ですから、亡くなったあとはシャルロッテ嬢が家のことを指揮しています」

「彼女の実力は？」

「〝雷神〟と呼ばれるローエンシュタイン公爵の才能を最も引き継いでいるという話です。評判どおりなら雷主体の魔導師ですな。現代魔法の使い手としては帝国屈指でしょう」

帝国屈指。

その言葉を聞いて、俺は眉をひそめた。

そりゃあそうだろう。最高クラスの現代魔法の使い手が死んだんだからな。

俺の表情に気づいて、セバスが頭を下げた。

「お許しを。配慮に欠けましたな」

「別にいい。ただの感傷だ。浸る俺が悪い」

思い出すたびに心を痛ませてどうする？

痛ませて亡くなった人が戻ってくるのか？

ザンドラ姉上もツヴァイク侯爵も戻ってはこない。

今、生きている者がすべきことは亡くなった人たちを想《おも》うことじゃない。

それは平穏を手に入れたときにすればいい。

「――ツヴァイク侯爵がいない以上、シャルロッテに代わりを務めてもらうしかない」

「よろしいのですか？　ツヴァイク侯爵の孫娘を利用するということですが？」

「今更だな。それにツヴァイク侯爵は元々、シャルロッテに託すつもりだっただろうさ」

「それはどういう意味ですかな？」

「自分が長くないことくらいはわかるはずだ。それなのに最も重要なローエンシュタイン公爵への手紙を書かなかった。まず初めに書くべきだ。だが、後回しにした。あとのことをシャルロッテに託すつもりだったからだ」

シャルロッテがローエンシュタイン公爵を説得するのは簡単ではないだろう。

しかし、可能性がないわけじゃない。

ツヴァイク侯爵の孫娘であり、ローエンシュタイン公爵の下に預けられたシャルロッテならばローエンシュタイン公爵の心を動かせるかもしれない。

だからツヴァイク侯爵は他の貴族への手紙を残した。ローエンシュタイン公爵を動かしさえすれば、北部貴族による会議は実現する。

「問題なのはシャルロッテにその気があるかどうかだ」

「家族を亡くしたばかりの少女に大任を任せるのは反対ですな。どこで崩れるかわかりません」

「まぁな。けど、彼女はツヴァイク侯爵の孫娘だ。それだけで期待する価値はある」

俺がそう言うとセバスはそれ以上、何も言うことはしなかった。

■■■

「シュヴァルツさんはこの後どうするの？」

朝食の席に招かれた俺に、シャルロッテはそう訊《たず》ねてきた。

どうするべきか。

それを握っているのは俺ではなく、シャルロッテだ。

「前線に出るのも一つの手だが、内乱だからな。負け戦になればその後の仕事に支障が出る」

「傭兵も大変ね。ツヴァイク侯爵家に雇われるのはどう？　手が足りないし」

「別に構わないが、先の展望がない雇い主はごめんだ。君はこれからどうするつもりだ？」

「……領地の維持かな」

「ではレオナルト皇子が負けたらどうする？　反乱者に膝を折るか？」

「そうなったら戦うわよ」

「どうせ戦うなら勝ち馬に乗ってくれ。レオナルト皇子が健在の時に協力したほうが勝率は高いぞ？」

レオが敗れればゴードンは従わない北部貴族に牙を剥《む》く。

その時に一致団結したとして、勢いづくゴードンに勝てるかどうか。

レオとの戦いでゴードンが疲弊していたとしても、連合王国と藩国から援軍が到着する。

レオがいるから北部国境は保たれている。いなくなれば即座に国境を崩しにかかるだろう。やはり北部貴族はどちらかにつくべきだ。

「勝率が高かろうと皇族に付くのは嫌。北部の貴族はほとんど同じ意見だと思うわ」

「レオナルト皇子についている貴族もいるみたいだが？」

「領地を失った貴族や皇族よりの貴族よ。彼らは……頭が良いんでしょうね」

その言葉だけでよく理解できる。

レオにつくメリットをシャルロッテはしっかり把握している。

だが、それでも心情が邪魔をしている。

「レオナルト皇子がゴードンに勝てば、彼はエリク皇子に並ぶ帝位候補者だ。次期皇帝に恩を売れば、北部への冷遇もなくなる。そう考えての行動だろうな」

「わかってるわ。それが賢明なんでしょうね。レオナルト皇子の評判は聞いてる。南部を救った英雄皇子。良い人みたいね」

「だが、現状は劣勢だ。どれだけ評判がよかろうと負けちゃ話にならん」

「傭兵らしい意見ね。参考までに聞かせて。あなたならどうする？」

シャルロッテが俺に問いかける。

緑とブラウンの瞳が俺を試すように見つめてくる。

この答えは大切だ。俺の直感がそう告げている。

下手な答えを言えばシャルロッテの信頼は得られない。

だが、良い答えなら信頼を得られる。

「……俺ならツヴァイク侯爵の遺志を受け継ぐ」

「……北部貴族をまとめろってこと？」

「違う。ツヴァイク侯爵はまとめる気などなかったはずだ。会議を開き、話し合いの場を設けようとした。そこまでがツヴァイク侯爵の遺志だ」

「……でも、会議は開けないわ。ローエンシュタイン公爵が参加しない会議じゃ求心力はないもの」

「なら参加させればいい」

「無茶《むちゃ》言わないで。普通の老人じゃないのよ？」

「だが、ツヴァイク侯爵は君ならできると思っていたようだぞ？　手紙を書かなかったのは君に任せるつもりだったからだろう。ローエンシュタイン公爵の説得を」

もしくは自分の言葉でもローエンシュタイン公爵は動かないと思っていたか。

頑固者なら可能性はあるだろう。

「お爺様《じいさま》が私に？」

「ローエンシュタイン公爵を動かせば、大抵の貴族は動く。なら真っ先に書くのはローエンシュタイン公爵への手紙だ。それがないということは、手紙で説得という手段を取る気はなかったということだ」

「……あなたも頭が良いのね。そこまで私は頭が回らないわ」

「これでも団長なんでな。今の推測を信じるかは君次第だ。もしも遺志を継ぐというなら協力しよう」

そういうと俺は席を立つ。

感触は悪くない。あとはシャルロッテ次第だ。

そんな風に思っていると、後ろから声をかけられた。

「シュヴァルツさん」

「いちいちさんをつけなくてもいい。君は大恩人の孫娘だし、そもそも貴族だ」

「なら、シュヴァルツ。あなたは……私にお爺様の遺志が継げると思う？」

「俺はローエンシュタイン公爵に会ったことはない。だから成否はわからない。だが……絶対に変わらない事実として、君はあのツヴァイク侯爵の血を継ぎ、跡取り娘として育てられた。羨ましいよ。俺も多くのことをあの人に学びたかった」

それは本音だ。

まだまだ学ばなきゃダメなことはたくさんあった。

ツヴァイク侯爵からなら多くのことを学べたはずだ。

「あなたって……不思議ね。なんだかあなたの言葉を聞いてると、できそうな気がしてくる」

「やる気を出させるのも指揮官の役目だからな」

「そう……数日考えさせて。それまでは留《とど》まってくれる？」

「いいだろう」

「それと……私もシャルでいいわ。年もそんなに変わらなそうだし」

そんな会話の後、シャルは自室へ足早に戻ったのだった。

## 4

数日後の夜。

俺は部屋の中で考え込んでいた。

シャルはいまだに答えを出さない。

あまり時間はない。ぐずぐずしていると向こうが動き出す。

「また難しい顔してる」

「誰のせいだと思ってるんだ？」

また声が聞こえてきた。

バルコニーだ。

そちらに視線を移すと、また柵に腰をかけたシャルがいた。

「一応言っておくが、危ないぞ？」

「平気平気」

そう言ってシャルは足をばたつかせてアハハと笑う。

いつ発作が来てもおかしくないというのに暢気《のんき》なもんだ。

俺はバルコニーへ向かい、シャルに問う。

「はぁ……ここに来たということは答えは出たのか？」

「ほとんどね。ここに来たのは確認かな」

「確認？」

俺の言葉にシャルは頷《うなず》く。

そして空を見ながら昔話を始めた。

「私の両親は幼い頃に亡くなって、お爺様が親代わりだったの。色んなことを教えてもらったわ」

「羨ましいかぎりだな」

「でしょう？　それで、お爺様の教えにこんなのがあるの――疑念は大切にせよ」

「……ツヴァイク侯爵らしい言葉だな」

疑念はどこにだって生まれる。

本来、そんなものに囚《とら》われていては人間関係など築けない。

だが、確かに疑念は大切だ。

大切にした疑念だからこそ、それが解決できれば信用できる。

「どれだけ良い行いをしていても、疑念を抱かせ続ける相手は信用してはいけない。逆に行いが悪かろうと、自分が抱く疑念を解決してくれる相手は信用に値する。それがお爺様の教えよ」

「なるほど……つまり俺に疑念がある？」

「そうね。ここ数日、お爺様の側近に聞いていたの。隠居した人も含めて、お爺様が傭兵《ようへい》団を助けたことがあるかって」

「答えは？」

「誰も知らなかったわ」

星空に向けられていたシャルの目が俺に向く。

その目に映るのは疑念。

これを解決しなければシャルの信用は勝ち取れない。

「あなたは何者？　シュヴァルツ」

辺境にある国の元貴族。

家臣団と共に傭兵団となった頃、ツヴァイク侯爵によって助けられた。

そういう設定だ。

誤魔化《ごまか》すのは簡単だ。しかし、それは新たな疑念を生むだろう。

本当にそんな貴族はいたのかどうか？

シャルでは調べようがない。その疑念を解決する術《すべ》を俺も持ち合わせていない。証拠の品はさすがに用意していないからだ。

ツヴァイク侯爵は良い言葉を残すものだ。

貴族の当主としてこれほど為《ため》になる言葉はそうはないだろう。

疑念を大切にし、その疑念と相手がどう向き合うか。それで相手を測れ。そういうことだ。

主導権は相手にある。信頼が欲しければ自分の疑念を解決しろ。こちらは誠意を尽くすしかなくなる。

一切の疑念を抱かせない嘘《うそ》は難しい。相手が疑ってかかるならなおさらだ。

厄介なのはこちらの向き合い方次第というところだ。

「何も言わないなら私も何も言えないわ」

「……君はちゃんとツヴァイク侯爵から学んでいたんだな」

「もちろん。後を継ぐつもりだったもの」

そうだ。

俺の目の前にいるのはツヴァイク侯爵の後継者。

ローエンシュタイン公爵の孫娘でもあるが、その前にツヴァイク侯爵の薫陶を受けた後継ぎだ。

不義理はできないし、通じない。

「俺にも師がいる。その師からよく言われたよ。無理につく嘘ほど薄っぺらいものはないと」

「どういうこと？」

「自分が嘘をつけない。欺けないと思っているときはさっさと白旗をあげろってことさ」

うちの爺さんは帝位争いを勝ち抜いた皇帝だ。

その言葉は常に説得力がある。

人は他人には嘘をつけるが、自分に嘘をつくのは下手だ。

自分を誤魔化すには多大な労力がいるし、そんなことにエネルギーを使っているようでは他人を騙《だま》せない。

だから自分が無理だと思ったら無理なのだ。

嘘をつけない。嘘をつきたくない。

欺けない。欺きたくない。

心が無理だと言っているときに嘘をつくべきではない。

俺はゆっくりとフードを脱ぐ。

そして改めて自己紹介をした。

「俺は帝国第七皇子、アルノルト・レークス・アードラー。致し方なかったとはいえ欺いたことを謝罪しよう。シャルロッテ・フォン・ローエンシュタイン嬢」

「……なぜ誤魔化さなかったの？　誤魔化そうと思えば誤魔化せたはず。私が皇族を嫌いだと知っていて、なぜ身分を？」

「手段はあったかもしれない。けれど、誤魔化せないと思ってしまった。そうなった以上、素直に吐き出すほか手はない」

シャルの目は俺から離れない。

だが、そこにあった疑念はもうない。

ここでシャルが皇族など嫌いだと騒げば、俺に打つ手はない。

強引にでもローエンシュタイン公爵の下へ向かうほかないだろう。そんな手が成功するか疑

問だが、シャルをここで欺くよりは簡単だ。

「……困ったなぁ」

「何が困ったんだ？」

最初にここで話したときは逆のやりとり。

シャルは苦笑しながら星空を見上げた。

「黒髪黒目の皇子を助けたっていつだかお爺様が言ってた。だからあなたが皇族だろうなって確信に近いものを持っていたの」

「侯爵も案外お喋《しゃべ》りだな」

「お爺様は昔話が好きだったわ。けど、その皇子を助けた話はお爺様のお気に入りだった。いつだって会心の笑みを浮かべて、感服したって最後に付け加えるの」

「そうか……」

「皇族に黒髪黒目の皇子は二人。あなたとあなたの双子の弟。お爺様が助けたのはどっち？」

「残念ながら俺だな」

「そっか……レオナルト皇子なら感服したって言うのもわかるけど、よりにもよって出涸《でが》らし皇子と呼ばれるあなたのほうだったんだ」

シャルの言葉に悪意はない。

ただ心の内を語っているという感じだ。

「お爺様は……皇太子の死後、国を二分する戦いを起こさせないために自ら矢面に立ったわ。

皇族はそれに対して何もしなかった。好都合と利用するだけ。だから私は皇族が嫌い」

「ああ、そうだな」

わかっている、理解しているなんて言葉は使えない。

理解できるわけがない。こちらは加害者なのだから。

想像はできる。しかし、理解とは程遠い。

痛みは殴られた者とその傍《そば》にいた者にしかわからない。殴った側にわかる痛みなどないのだ。

「でも……そのお爺様《じいさま》の切なる願いを裏切ったゴードンはもっと許せない。このままじゃゴードンが勝ってしまうかもしれない。ローエンシュタイン公爵家はそれでいいかもしれない。けど、ツヴァイク侯爵家は違うわ。その未来だけは断じて許さない」

シャルは強い決意の満ちた声でそう告げた。

そして柵から降りて、俺の前に立った。

虹彩異色《オッドアイ》の目が俺を射抜く。

「ローエンシュタイン公爵を説得する勝算は？」

「半々だな。どこまで公爵が自分の家と北部のことを考えているか、それ次第だ」

「悪い勝率じゃないわね。いいわ。ツヴァイク侯爵家はあなたに乗ってあげる」

「……皇族は嫌いだろ？」

「嫌いよ。けど、お爺様は言っていたわ。肩書きは所詮、肩書きだと。あなたの皇族という肩書きよりも、私は私の目を信じるわ。あなたは私の疑念に誠意を見せたし、あなたが良い人だ

と私は知っている。正直、皇族である以上、絶対に誤魔化すと思ってたわ。そしたら雷を食らわせてやろうって思ってたんだけど……あなたは私の想像通りには動かなかった。だから信じるわ。肩書きへの先入観よりも、私自身のあなたへの印象と評価を」

そう言ってシャルは俺の目の前で膝を折った。

「北部四十七家門が一つ、ツヴァイク侯爵家は殿下のお力となりましょう。祖父より授かった知識と私の雷はこれより殿下のために」

「……助かる。望みは？」

「……戦後で構わないから私にツヴァイク侯爵家を継がせて。私が名乗る姓はツヴァイク以外にありえないわ」

「わかった。お安い御用だ」

ツヴァイク侯爵家に跡取りはいない。

存続させようと思えば養子という話になるだろうが、そんなことをするぐらいならシャルを跡取りにしたほうがいい。

問題はローエンシュタイン公爵だが、そこも含めて説得するとしよう。

「ローエンシュタイン公爵の皇族への恨みは根深いわよ？」

「知ってるよ。だから俺が来た。虐げられた思い出合戦なら俺も負けないからな」

そう言って俺はニヤリと笑って見せたのだった。

5

帝国北部の東側。

ゴードン陣営の西側で籠城するレオたち本隊とは別に、南側でゴードンの軍と対峙《たいじ》する軍があった。

軍部の中でも信頼できると判断された軍。

将軍の名はハーニッシュ。

二十代後半の青年で、元々はエストマン将軍の副官だった。

帝都で起きた反乱時には南部の復興活動に携わっており、エストマン将軍の推薦もあってレオの下へやってきた。

片足を失い、半ば引退状態のエストマン将軍の配下三千と、自らの配下一万。合計一万三千の兵を率いている。

父のように慕うエストマン将軍への仕打ちに怒りを覚え、ゴードンにその怒りをぶつけてやろうと戦場まで出てきたが、今はその怒りを封印せざるを得ない状況だった。

「敵軍に動きは？」

「ありません」

代わり映えのしない返事にため息を吐《つ》き、ハーニッシュは対峙する軍を見つめる。

レオが率いる本隊への救援に行きたいところだが、対峙する軍はそれを許さない。

敵軍の戦力はおよそ二万。

率いるのは敵軍総大将のゴードンだ。

「舐《な》められたものだ」

わざわざ総大将が出てきたのはハーニッシュを調略するためと、自らが討たれないという自負があるから。

その自負を打ち破ってやろうかと幾度も思ったが、そのたびに自制してきた。

ゴードンはハーニッシュを抑えているが、逆にいえばハーニッシュがゴードンを抑えているともとれる状況だ。

敵軍二万と総大将。それを引き付けられるなら悪くない。

もちろん状況は改善しないが、いまより悪くなることはない。

「手紙はどうだ？」

「また来ています。ゴードン自らの直筆です」

「リーゼロッテ殿下の直筆なら部屋に飾っておくところだがな。燃やせ、いらん」

「はっ」

最初の一枚こそ読んだものの、それ以後の手紙は一度も読んでいなかった。

ゴードンはなんとかしてハーニッシュを味方に引き入れたいのだ。

理由は当然ある。

ゴードン陣営に加わった帝国軍は意外に少ない。ゴードンの息がかかった軍はまだまだある。

だが、大半は状況を静観していた。ゴードンが帝都での反乱に失敗したからだ。

最大の好機を逸したゴードンについていいものかどうか。多くの将軍が迷っているのだ。

それは皇帝も承知の上。だから信頼できる将軍しか前線に向かわせていない。

しかし、ハーニッシュがゴードンにつけば流れは変わる。

元々、ゴードン陣営に属していないハーニッシュがゴードンにつくということは、それだけゴードン有利ということになる。ゴードン寄りの将軍たちはこぞってゴードンの下へ向かうだろう。

それをゴードンは狙っていた。

「ふん、ふざけたやつだ」

大方、横にいる貴族の提案だろうとハーニッシュは察していた。

ゴードンの軍はレオたちと合流する進路はふさいでいるが、撤退路は封じていない。

調略できないまでも、撤退させることができれば流れを変えられる。

撤退するということはレオを見捨てることになるからだ。

抜け目ない。

政治的な目がなければできない作戦であり、自分たちの有利を自覚している作戦でもある。

時間をかければレオが苦しくなる。

皇国との同盟はすぐにはまとまらない。皇国に旨味《うまみ》がないからだ。

そしてまとめるのはエリク。わざわざすぐにまとめてレオを助けるとも思えない。

「ホルツヴァート公爵め。いらん入れ知恵をしおって」

今頃、ゴードンの横にいるだろう大貴族の名を呼びながら、ハーニッシュは敵軍を睨《にら》みつけたのだった。

■■■

「敵軍に動きはありません。ゴードン殿下」

「ふん！　だろうな」

ゴードン側の陣地。

そこでゴードンに報告するのは茶色の長い髪が特徴的な壮年の男。落ち着いた雰囲気と冷たい目が特徴的なその男の名はロルフ・フォン・ホルツヴァート公爵。

帝国の名門であるホルツヴァート公爵家の当主だ。

帝都の反乱時、ロルフはゴードンについた。

帝位争いの際、ロルフは安全策としてゴードン陣営には自分が参加し、エリク陣営には次男を送り込んだ。どちらが勝ってもいいようにだ。

ホルツヴァート公爵家はそうやって自らの地位を維持してきた。

だが、反乱時にロルフは一門をあげてゴードンにつくことを決断し、長男のギードと次男の

ライナーも含めてゴードンの下へ走った。

それを見て、ロルフに続く貴族も少なくなかった。そのため、ロルフはゴードン陣営の中で確かな地位を築いていた。

貴族たちの騎士たちを合わせて、確かな戦力も保持しており、そんなロルフをゴードンも尊重していた。

だからこそ、回りくどいと思いつつもロルフの策に従っていたのだ。

「ホルツヴァート公爵。ウィリアムが敵の補給を許したらしいが、俺たちは悠長に構えていていいのか？」

「状況に変わりはありません。兵糧が来ようとレオナルト皇子にできることは籠城のみ。いくら長引こうと、状況に変化がないかぎりは皇国との同盟はなりません」

「耐えても援軍は来ないということか」

「その通りです。そして時間が経《た》てば我々につく将軍も増えてきます。ウィリアム殿下は兵糧と引き換えに試作兵器の奪取に成功しました。その解析も始まっております。時間は我々の味方です」

ロルフの説明にゴードンは頷《うなず》く。

今すぐに目の前の軍を叩《たた》き潰《つぶ》したいという気持ちはあったが、それをして負けてはしょうがない。

時間をかけても必ず勝つ。

今のゴードンは勝利に飢えていたのだ。

それがわかっているため、ロルフは持久戦を提案していた。敵国に囲まれた帝国にとって、最も嫌なことは戦争が長引くことだからだ。

「そういえば。ヘンリック殿下が出陣を願っておりましたが？」

「ヘンリックか……裏切ると思うか？」

「どうでしょうか。ザンドラ殿下の弟君ですから、性質的には裏切りそうではあります。ですが、すでに帝国には居場所のない身。裏切る度胸はないかと」

「同感だ。コンラートと母上は俺たちと別行動中だからな。駒が足りん。使うのも悪くはないだろう」

「では、部隊の指揮を任せますか？」

「そうだな。ウィリアムにも援軍が必要だろう。その指揮官に任じる。お前の長男も連れて行かせろ」

「かしこまりました。次男のライナーはどういたしますか？」

「あれは優秀だ。ヴィスマールでの内政に必要だから残しておけ」

「はっ」

一通りの指示を出し終えたゴードンは席を立つ。

敵軍は決して動けないとわかっているからだ。

「俺は寝る。よほどのことがなければ起こすな」

「かしこまりました」

そう言ってロルフは恭しく頭を下げる。

その仕草に胡散臭《うさんくさ》いものを感じつつ、ゴードンはそれを無視した。

どのような思惑があろうと、使えることには変わりがなかったからだ。

裏切るなら結構。

叩き潰すのみ。

ロルフが裏切ったとしても、北部での優勢は変わらずゴードンにある。

「いざというときの切り札もあるからな」

そう呟《つぶや》きながらゴードンは寝る準備に入ったのだった。

6

「シュヴァルツさん。ここの領主には手紙を渡してきたよ」

俺たちはシャルと共にローエンシュタイン公爵の領地に向かっていた。

ただ、ローエンシュタイン公爵を説得してから手紙を各領主たちに配っていたら時間がかかりすぎるため、道中にいる領主にはシャルが手紙を手渡していた。

遠方の領主にはネルベ・リッターの隊員が馬を走らせて届けに向かっている。ツヴァイク侯爵の手紙とセットで、シャルの手紙もだ。

内容はローエンシュタイン公爵を説得しにいく。ローエンシュタイン公爵が動いた場合、祖父の手紙に賛同してほしいというものだった。遠方の領主はこれでローエンシュタイン公爵の動きに注目するだろうし、そのために領地を離れてローエンシュタイン公爵領の近くまで来るはず。そうなれば北部貴族の招集は難しくない。

まぁ、それはいいんだが……。

「なんでさん付けに戻ってるんだ？」

「……」

部屋には俺とシャルのみ。

アルノルトと呼べないのはわかるが、わざわざさん付けに戻す理由がわからない。

「それはご命令ですか？　殿下」

「……じゃあ失礼して。本当に皇族が嫌いなんだな。ああ、敬語は不要だ」

「あなたを信じると決めたし、あなたに膝を折ったわ。けど、それと仲良くするかは別問題。私、皇族嫌いなの」

「肩書きで判断しないんじゃないのか？」

「北部全体の問題だもの。肩書きじゃ判断しないわ。けど、私個人の問題は別よ」

そう言ってシャルは何ともいえない表情を浮かべた。

嫌悪と親しみが同居しているような、そんな表情だ。

それだけでシャルの内心が複雑なのがよくわかる。

「なるほど。俺としては君と仲良くやっていきたいんだが？」

「無理よ。嫌いなものを食べるのって苦痛でしょ？」

「克服するのも一興だと思うが？」

「無理やり嫌いなものを食べさせる相手って面倒《めんどう》でしょ？」

「確かにな」

シャルの中で結論は出ている。

皇族に対する嫌悪感は消えず、だから俺とは距離を取る。

それを知りながら距離を縮めようとする人間は面倒すぎるだろう。

だが、これからローエンシュタイン公爵を説得しにいくのにシャルとの関係が希薄なのは良くない。

そもそもシャルとすら仲良くなれないなら、ローエンシュタイン公爵を説得するとか無理だろう。

「しかし、だ。君と仲が悪いというのはローエンシュタイン公爵を説得するうえでマイナスだ」

「演技するわよ」

「演技くらい見破るだろうさ。だから仲良くなる努力をしてみないか？」

「……なにするのよ？」

目を細め、不機嫌さを全身から発しながらシャルがそう言って椅子に座った。

どうやら協力はしてくれるらしい。

まずは第一関門突破だな。

「とりあえず確認なんだが、皇族の何が嫌いなんだ？」

「血ね。もう皇族の血が無理なのよ」

「根本的なところを言ってくる奴《やつ》だなぁ……」

さすがに血筋に関してはどうすることもできない。

最初から全面拒否とはやってくれる。

だが、その程度で諦める俺ではない。

被《かぶ》っていたフードを取り、俺は軽く髪をかきあげた。

「代々の皇帝家にはあまり黒髪がいない。それなのにどうして黒髪なのかといえば、俺の母が東方出身だからだ」

「それで？」

「血の話をするなら俺の母は平民だから、俺の血は半分平民の血だ。皇帝家らしい特徴もほとんどない。君が無理だと語る血の要素が俺にはないわけだ」

「けど、皇族でしょう？」

「自慢じゃないが皇族らしい扱いを受けたことはほとんどない。兄弟の中で幼少期に牢屋《ろうや》に入ったのは俺だけだ」

「それを自慢げに言うのもどうかと思うわ……」

シャルは呆《あき》れたようにため息を吐《つ》く。

皇族の中で、皇族という扱いから俺は最も遠い。皇族だから嫌いと言われても、皇族要素がほとんどないわけだ。

俺にはその理論は通じない。

「どうだ？　まだ俺が皇族に思えるか？」

「思えるわ」

「……なぜだ？」

「だって皇族じゃない。あなたを殿下と慕う臣下がいるもの」

「……俺には幼馴染《おさななじみ》がいるんだが、そいつは木剣で俺を幾度も殺そうとしてきた。一応、あれも臣下のはずなんだが……」

「驚くべきは、殺されかけているのに誰も止めないところね……」

シャルの言葉に俺は苦笑する。

俺の周りにいた大人たちは結構な放任主義だった。

子供のやることに一々口をはさむようなことはしなかった。

「俺が何も言わなかったからな。皇族の特権を行使したら、もう対等な関係は築けないしな」

「……だから大人しくやられていたの？　その時にお爺様《じいさま》が助けたということ？」

「そうだ。虐《いじ》められているって父に言えばなんとかなっただろうが、弱い立場の奴らは最悪、死刑にされかねない。恐ろしいだろ？　子供同士の幼稚ないじめの結果が死刑だなんて。だから何も言わなかった。そのときツヴァイク侯爵が助けてくれたんだ。すべてを理解して、感服

したと言ってくれた。嬉《うれ》しかったよ」

「……あなたは子供の頃から大人だったのね。私なら親に泣きついているわ。その後、どうなるかなんて思いもつかない」

「お手本には困らなかったからな。そういう意味じゃ俺は皇族という恩恵にあずかっていたかもしれない」

子供の頃。

俺の周りには皇太子やリーゼ姉上がいた。

皇族とはこうあるべきだという見本がいた。

だから俺は自分なりにそれを体現できた。それだけの話だ。

「あなたは……本当に皇族らしくないのね。でも……皇族がお爺様を見捨てたのは事実よ」

「そうだな、それは消えない。でも、だから俺が来た。恩は返すべきだから」

「恩？」

「そうだ。皇族はツヴァイク侯爵に返しきれない恩がある。皇太子の死後、帝国は乱れた。やることが多すぎて手が回らなかったんだ。その時に北部の問題を解決してくれるツヴァイク侯爵が現れた。好都合だった。だから何もしなかったんだ。正当化はしない。皇族は臣下の北部を想《おも》う気持ちを利用した」

「ずいぶんな言い方ね……」

「事実は変わらない。俺の父は冷静な判断を下した。そしてその恩を返すこともしなかった。

もっと早くに何かするべきだったと思う。けど、後回しにした。それは消えない。でも、これからの行為で取り返すことはできる。恩は返すものだからな」

「……お爺様を見捨てたのは皇帝よ。あなたじゃない」

「君がツヴァイク侯爵の後を継ぐように、俺も皇帝の息子だ。それに皇族としてひとくくりにしてるじゃないか。理由はそれで十分だ。俺は皇族で、皇帝が受けた恩を返す。まずは手始めに北部諸侯を団結させる。北部を救うのは北部諸侯であるべきだからだ」

俺と北部の諸侯は似ている。

俺は虐めてくる貴族の子供たちを守るために我慢した。

北部諸侯は北部の領地を守るために冷遇に耐えた。

いくらでも抗議はできた。しかし、彼らがしたのは距離を取ることだけ。公然と皇太子の死に触れることもできた。

しかし、あの時期に皇太子の死は敏感すぎる話題だった。今よりもまずい事態になっていたかもしれない。

だから黙って、冷遇された。北部を戦場にしないためだ。

そんな北部の諸侯たちだからこそ、この事態を収束するのは彼らであるべきだ。

「あなたって変だと言われない？」

「よく言われる」

「でしょうね。皇族どころか貴族だとしても変わってるわ。皇族としての扱いを受けてないっ

て自分で言うのに……どうして皇族としての責務を果たすの？」

「君だってツヴァイク侯爵の後継ぎという立場から外された。けど、今はツヴァイク侯爵家のために動いている。どうしてだ？」

「私が動くのは私がするべきだと思ったからよ」

「俺の答えだって一緒だ。立場や肩書きなんて決断の一助になることはあっても、それだけですべてが決まるわけじゃない。決めるのは自分だ。俺は今、皇族としての責務を果たすべきだと思ったからここにいる。過去の扱いなんてどうでもいい話だろ？」

出涸《でが》らし皇子と呼ばれ続けたのも、こうして皇族としての責務を果たしにきたのも、自分で決めたことだ。

そうやって育てられた。

すべて自分の責任だ。

「……肩書きは所詮、肩書きって言葉の本質がわかった気がするわ」

そういうとシャルは立ち上がって、部屋を出ていこうとする。

そんなシャルを俺は呼び止めた。

「シャル。俺の愛称はアルなんだが、呼んでくれるか？」

「……恩を返せたなら呼んであげるわ。それまではシュヴァルツよ」

そう言ってシャルは部屋を出ていく。

仲良くなったかは微妙なところだが、さん付けよりはましだろう。

しかし。

「シャルでこれならローエンシュタイン公爵にはもっと苦労するだろうなぁ」

はぁとため息を吐き、俺は椅子にもたれかかるのだった。

7

ローエンシュタイン公爵領の中心。

領都ロア。

北部最大の街であり、名実ともに北部の中心と呼べる場所だ。

そのロアの中央。巨大な館に俺たちはいた。

「シャルロッテ様。少々、お待ちください。ローエンシュタイン公爵は会議中ですので」

「わかったわ」

執事の言葉にシャルは文句を言わずに頷いた。

それを見て俺は意外そうにつぶやく。

「孫娘が帰ってきたのに会議優先か」

「お爺様はそういう人よ。公私混同はしないわ。皇族が関わらないかぎりって条件がつくけれど」

「まいったなぁ」

「楽観視は捨てたほうがいいわ。正体がバレたら雷が飛んでくるわよ。間違いなく殺す気のやつが」

「怖いこと言うなよ……」

「冗談じゃないわ。本気でそうする人よ。正体を明かすタイミングは十分気を付けて」

シャルの言葉に俺は頷《うなず》く。

出涸らし皇子と侮る奴はいくらでも相手にしてきたが、恨みを持つ者を相手にするのはあまり経験がない。

それだけ帝国において皇族は強い。

油断は禁物。それは言われるまでもない。

相手は〝雷神〟ローエンシュタイン。

一度だけ会ったことがある。十歳の誕生日を祝うために開かれた宴で、少しだけ喋《しゃべ》った。今でもあの迫力は覚えている。

公爵の跡取り息子でありながら、軍に入って将軍として活躍した魔導将軍。

数多《あまた》の戦場で敵を打ち破り続け、帝国の拡大に尽力した古強者《ふるつわもの》。

その戦績は生涯無敗。ローエンシュタイン家の精鋭を自らの側近として連れていき、帝国軍という精強な軍を率いていたため、質と量で敵に劣ることはなかったとはいえ、それでも尋常じゃない戦績だ。

皇帝が無敗というのとは話が違う。皇帝が出る戦と将軍が出る戦は違う。危険度の高い戦に

皇帝は出ないし、そもそも皇帝は近衛《このえ》騎士たちを率いる。負けるほうが難しい。

現在の帝国において、実績面でリーゼ姉上を上回る唯一の人だ。

敵軍と距離があるときは戦略に長《た》けた知将としての側面を見せ、ひとたび敵軍と接敵すれば自ら先頭を駆けて武勇をふるう猛将としての側面を見せる。

知勇兼備の大将軍。

それがローエンシュタイン公爵だ。

「緊張してるの？」

「どうだろうな。失敗したらまずいなとは思ってる」

「……お爺様が怒ったら守ってあげるわ。止めるくらいはできるはずだから」

「頼りにしてる」

俺が笑顔でそういうとシャルは目を丸くして、すぐに眉をひそめた。

楽観的だと思ったんだろう。

「やっぱりあなたって変よ」

「そうか？」

「今の皇族の中で、お爺様の前に単身で立つ気概を持つ人はいる？」

「どうだろうな。まぁ一人で立つのはリーゼ姉上くらいじゃないか？」

エリクにしろ、レオにしろ、単身で前に立って何かあったら困る立場だ。個人としての意地を優先したりはしない。絶対に護衛をつけるだろう。

そんなことを考えていると、シャルがため息を吐《つ》いた。

「姫将軍には絶対に負けないって自信があるわ。けど、あなたは？」

「俺だって自信がある」

「どんな？」

「君に守られる自信だ。護衛よろしく」

「はぁ……私が守らないって可能性を考えないの？」

「守ってくれるんだろ？」

「言葉だけだったら？」

「人を見る目がなかったと諦めるさ。ローエンシュタイン公爵も皇子を殺したりはしないだろう。腕の一本、二本で許してくれるはずだ」

俺の言葉にシャルが顔をしかめた。

何か言おうとするが、その時に部屋の扉がノックされた。

すぐに俺はフードを被《かぶ》る。

シャルが返事をすると、扉が開いた。

「失礼いたします。シャルロッテ様」

「ゴルトベルガー？　どうしたの？　お爺様の側近よ」

シャルが小声で教えてくれる。

入ってきたのは白髪の老人だった。長身で、若い頃はさぞモテただろうなと思わせる風貌だ。

元将軍の側近だけあって、いまだに鍛えているんだろう。その体はいまだに衰え知らずのようで、一線級の戦士の気配が漂っていた。

「まずは……お悔みを。ツヴァイク侯爵は北部に住む者にとって、大恩人。惜しい方を亡くしました」

「ありがとう。お爺様《じいさま》もそう言ってもらって、喜んでいると思うわ。ただ、それだけを言いに来たわけじゃないでしょ？」

「シャルロッテ様が来られたのは……ローエンシュタイン公爵を説得して、北部の貴族をまとめあげるため……ですね？」

「ええ」

「……ローエンシュタイン公爵の説得は諦めたほうがよいでしょう。シャルロッテ様は亡きツヴァイク侯爵のために動いているのでしょうが……公爵は動きません」

ゴルトベルガーはそう言い切った。けれど、どこか迷いのある口調だ。どうも、事実を述べているというよりは、ゴルトベルガーがそう思っているような感じだ。

「忠告は確かに受け取ったわ。けれど、私は試しもしないで諦めたくない」

「皇族につくようなことはありえません。公爵の気性はご存じなはず！」

随分と必死だな。ありえないならわざわざ止める必要もない。どうにも、説得してほしくなさそうな感じだな。

シャルのことを心配しているにしても、少し様子がおかしい。

「わかっているわ。けど、これは私がやるべきこと。北部のためよ」

「皇族につくのが……北部のためとお思いですか……？」

「気持ちはよくわかるわ。けれど、今は大局を見るときよ。お爺様にもそう伝えるつもり」

「そう、ですか……」

ひどく落胆した様子でゴルトベルガーは呟《つぶや》く。そして、そのまま一礼して部屋から去っていく。どうやら、シャルの答えはゴルトベルガーの望むものじゃなかったらしい。

しかし、ゴルトベルガーの考えは特別なものじゃない。きっと言ってること自体も間違いではない。

公爵は簡単には説得できないだろう。

そんな風に思っていると、執事がやってきた。

「会議が終わりました。どうぞ」

「っ⁉」

「行かないのか？」

「行くわよ。私の後ろにいて。絶対よ？」

「はいはい」

肩を竦《すく》めながら俺はそう答えたのだった。

# 8

案内されたのは広い謁見室。

普段は民がここで領主に要望を伝えたりするんだろう。

その最奥。

椅子に腰かけた赤髪の老人がいた。

ゴードンの祖父らしく大柄で、元将軍らしく背筋はきっちりと伸びている。

赤い瞳は鋭く、まずシャルを見たあとに俺を見た。

その老人こそ、雷神と呼ばれるヴィクトール・フォン・ローエンシュタイン公爵だ。

「シャルロッテが帰還のご挨拶に参りました。お爺様」

「——ご苦労。ツヴァイク侯爵は最期に何か言っていたか？」

「いえ……」

「そうか……薄情者め。酒を飲もうという約束があったというのに」

そう言うとローエンシュタイン公爵はゆっくりと目を瞑《つぶ》った。

ツヴァイク侯爵を偲《しの》んでいるんだろう。

長く北部を支えた盟友ともいえる間柄だ。

子供同士が結婚し、親戚にもなった。こんな状況じゃなきゃ、ローエンシュタイン公爵自ら

が会いにいっただろう。

それは家臣たちもわかっているのか、謁見室はしんみりとした雰囲気に包まれた。

「……体調は平気か？」

「はい。一度発作は起きましたが、その後はなんともありません」

「そうか。それは良かった」

「お爺様、実は紹介したい人がいます。ツヴァイク侯爵の葬儀の際、山賊が現れました。私は発作で対処できなかったところ、後ろにいるシュヴァルツとその傭兵団《ようへいだん》が対処してくれました。ツヴァイク侯爵に恩義があり、私にも良くしてくれています」

「ほう？」

そう言ってローエンシュタイン公爵が俺に興味を示した。

俺は頭を下げたまま、挨拶する。

「お初にお目にかかります。シュヴァルツと申します」

「そうか。孫娘が世話になったな」

「いえ、ツヴァイク侯爵には大恩がありました。その恩を返そうとここまでやってきましたが、間に合いませんでした。その恩はシャルロッテ嬢に返したいと思っています」

「良い心掛けだな。それで？　シャルロッテがあちこちの貴族に手紙を送っているのは貴様の差し金か？」

ローエンシュタイン公爵の視線が鋭くなる。

それを見てシャルが慌てて口を開く。

「お、お爺様！　それは私の判断です！　ツヴァイク侯爵はこの北部の一大事において、北部諸侯は意見を一致させるべきと考えていました。そのため各地の貴族に会議に賛同してほしいという手紙を書いていたのです！」

「なるほど。では儂《わし》への手紙はあるか？」

「いえ……お爺様の説得は私がするつもりです」

「ツヴァイク侯爵はよくわかっているな。いくら奴《やつ》の手紙でも儂は動かん。ならばシャルロッテに託そうということか。それはわかる……わかるが、鼠《ねずみ》を連れてきたのは失敗だったな」

「シュヴァルツは護衛です。説得は私が！」

「そういうことではない。まったく、舐《な》められたものだ。お初にお目にかかります？　馬鹿にするな。貴様が十歳の誕生日を迎えた時、各地の貴族が集められた。そのときに会っている。もっと言うなら乳飲み子だった貴様を抱いたことすらあるが？」

そう言ってローエンシュタイン公爵はゆっくりと椅子から立ち上がる。

一気に空気が重くなった。

周りにいる側近たちですら冷や汗をかいている。

「ふっ……まさかあっさり看破されるとは思わなかった」

「儂から正体を隠したいならその目を隠すべきだったな？　血筋の強化のためだけに娘を奪った男にそっくりだ。一目見ればわかる。儂ほどその目が憎い男はおらんだろうからな！」

そう言ってローエンシュタイン公爵は声を荒らげた。

その荒い声を聞きながら、俺は立ち上がってフードを取った。

「謀《たばか》ろうとしたことを謝罪しよう。あなたに殺されたくなかったのでな」

「ふん！　ふてぶてしい男に成長したな？　その態度、口振り。今の皇帝の若い頃にそっくりだぞ？」

「親子なんでな。まさか昔に出会ったことを覚えているとは思わなかった。少し喋《しゃべ》っただけだったはずだが……大したものだな。その皇族への恨みは」

「それをよく理解しておきながら、何しに来た？　アルノルト・レークス・アードラー！」

そう言ってローエンシュタイン公爵は俺の正体を的確に言い当てたのだった。

驚いた。

俺を皇子と見破ったことじゃない。その程度ならやるだろうと思っていた。こうまであっさりバレるとは思わなかったが、いつまでも欺けるとも思っていなかった。

驚いたのは俺の名を正確に口にしたことだ。

「情報が漏れていたか？　俺は帝都で寝ていることになっているはずだが？」

「ただの推測だ。北部での戦闘が始まる前、貴様の弟が儂のところにやってきた。少数の近衛騎士だけを連れて極秘に、な。会ったのは儂だけだ」

「なるほど。その時のレオとの比較で俺だとわかったたか」

「それもある。しかし、貴様の弟が言っていた。戦争が長引けばいずれ兄が来ると。あなたの

説得は兄に任せると言っていた。だからすぐにわかったのだ」

「余計なことを……」

はぁとため息を吐き、俺は髪をくしゃくしゃとする。

レオが来ていたことに驚きはない。むしろ来て当然だろう。それだけローエンシュタイン公爵は重要な立ち位置にいる。

だが、俺が来ると言い残したのは驚きだ。

戦争が長引けば、それだけ俺が起きる確率も高くなる。

帝都にいる皇族の状況を考えれば俺が来るという予測もできるだろう。

だが、ローエンシュタイン公爵の説得に来るかどうかは予測だけじゃどうにもならない。

俺が素直に軍を率いてくる可能性もある。レオが劣勢じゃない可能性もある。

状況への予測じゃない。俺ならどうするか。そう考えての答えだろう。

大軍を率いるのは俺の好みじゃない。

北部貴族の問題を放置するのも好みじゃない。

戦争に勝ったところで北部の問題をそのままにしていたら、また新たな火種となる。

だから俺なら必ず北部貴族の問題解決に挑む。そうなったらローエンシュタイン公爵の説得は避けられない。

我が弟ながらよくわかるもんだな。

「あの英雄皇子は貴様なら儂を説得できると確信しているようだったが、この程度の変装しか

「ほう？　ならどんな交渉材料を持ってきた？　わざわざ孫娘に近づいてきたのだ。つまらんものなら帝都に帰れると思うなよ？」

「俺が正体を隠していたのは俺の存在を隠していたいからだ。あなたの説得のためじゃない」

できんなら望みは薄いな」


そう言ったローエンシュタイン公爵の体からバチリと雷が迸《ほとばし》り、床を打つ。

シャルを利用して近づいたことが気に入らないらしい。

まぁそうだろうな。

口ぶりから察するに、皇族への最初の恨みは自分の娘を奪われたことだろう。孫娘までもと思うのは無理もない。

「帝都に帰れると思うな、か……北部の問題を放置して帝都に帰る気はない。舐められたものだと口にしたな？　そっくりそのままお返ししよう。俺個人として、弟が戦っているのに逃げる気など毛頭ないし、皇族として、これ以上北部の問題を放置したりもしない。あまり侮らないでもらおう。出涸《でが》らしと呼ばれていようと俺は皇子だ」

ローエンシュタイン公爵は俺の言葉を受けて椅子に座り直した。

その目はさきほどよりさらに鋭くなっていたが。

「何が出涸らしだ。昼行灯《ひるあんどん》を気取っておるだけだろう？　貴様の父もそうだった。何事にも無気力な風を装い、帝位争いの中で徐々にその爪を見せつけた。一度侮った相手を警戒するのは至難の業。対抗者たちは本領を発揮できぬまま敗れていった。貴様からも同じ匂いを感じる

ぞ？」

「俺の父、皇帝ヨハネスには野望があった。皇帝になるという野望だ。そのために爪を隠したわけだが、俺は違う。帝位争いに弟と共に参入しなければ、自分も家族も守れない。だから帝位を狙っているだけだ。帝位争いなど起きなければ俺はいつまでも出涸らし皇子だったし、それに不満もなかった」

「帝位争いが起きなければ一生、侮られ続けていたと？　笑わせるな」

「その通りだ。少なくとも十数年は証明している」

帝位を取るために爪を隠した父上と、爪を見せるつもりがなく、結果的に見せる形となった俺は違う。

父上には明確な目的があり、俺には明確な目的がなかった。

同じにしては父上に失礼だろう。

「ふん、まぁいい。ならば貴様にとってこの帝位争いは不本意だと？　自らの力を世に知らしめる場ではないと？　貴様を侮る者に膝をつかせる機会とは捉えないというのか？」

「すべてその通りだ。そもそも膝をつかれて喜ぶ趣味はない。前時代的な老人たちとは違うんでな」

「……膝をつくというのは古来の習慣だ。深い意味がある」

「忠誠の証《あかし》、心服の証明。そんなことはわかっている。わかっているからそんなことは望まない。自分の力を見せつけ、そうせざるをえなくしてつかせた膝にどんな意味がある？　認めて

くれた奴が自然と膝をつくなら喜んで受け入れるが、そうでないのに膝をつかれても気分が悪いだけだ」

「……皇族のくせに道理を弁《わきま》えているらしいな。意味のない行為に魂は宿らん。それがわかっているなら、儂を説得する意味はなんだ？　弟を救うためか？」

少しは認めてくれたらしい。

あのまま俺を試すだけの話を続けられていたら、いつまで経《た》っても本題には入れないからな。助かる。

「もちろんそれもある。レオはこれからの帝国に必要だ。理想主義と馬鹿にする者がいるのは知っている。いまだに至らぬ点もあるだろう。それでも理想を掲げない皇帝に未来はない」

「……帝国のためか」

ローエンシュタイン公爵の顔に失望が浮かぶ。

ありきたりな答えは期待していなかったんだろう。

もはや話を聞く価値もないと言わんばかりに視線が逸《そ》れた。

その瞬間、俺は言葉をつづけた。

「だからこそ――今ある問題は放置しない。レオが治める帝国がよりよいものであってほしいから……俺は北部の問題を解決する」

「……いつもいつも皇族はそうだ。耳に心地よい言葉で臣下を惑わす」

「そうだ。人の上に立つということはそういうことだ。惑わし、夢を見させる。それが上に立

つ者の役目だ。人は夢がなければ生きられないから」

「夢がなければ生きられない？　そうだろう。だが、夢だけでは生きられない」

「それも承知している。だから皇帝の周りには有能な者が控える。皇帝が見せた夢を実現させるために。問題の解決は皇帝の仕事ではない」

レオは俺に任せた。

なら失敗はできない。

失敗するなどとレオは微塵《みじん》も思っていないだろうから。

兄らしいところを見せておかないと威厳が保てないからな。

「自分が周りに控える者だと？　実行者だと言うなら答えろ！　どうやって北部の問題を解決する⁉　今更皇帝側についたところで、遅すぎると罰を受けるだけだ！　我らに道はない！この状況をどう打破するつもりだ⁉」

「そうでもない。〝あなたは最初から動いていた〟」

俺の言葉の意味がわからず、ローエンシュタイン公爵が怪訝《けげん》な表情を浮かべた。

そんなローエンシュタイン公爵に俺はニヤリと笑みを見せながらつぶやく。

「セバス」

「はっ、ここに」

音もなくセバスが俺の後ろに現れた。

そんなセバスに手を伸ばすと、紙の束を渡してきた。

「戦後に帝国の者は思うだろう。出涸らし皇子がいきなり大きな戦功をあげるなどありえない、と。あなたが言ったことだ。一度侮った者を警戒するのは至難の業だ。評価するのも同様だ。だから誰も俺の戦功を信じない」

「民などそんなものだ。しかし繰り返せば認めざるをえん」

「そうだ。しかし、俺は認めさせる気などない。俺は出涸らし皇子という呼び名を気に入っているんでな」

そう言って俺はその紙の束をローエンシュタイン公爵の側近に渡す。

側近はそのままそれをローエンシュタイン公爵に手渡した。

「手紙だと？」

「そうだ。〝あなたから俺に宛てた手紙だ〟」

「……貴様……！　まさかすべて手柄を寄こすというのか⁉」

「さすがは公爵。察しが良いな」

「どういうこと……？」

シャルが困惑した表情を浮かべている。

それを見て、ローエンシュタイン公爵は乱暴な手つきで手紙の封を開け、それに目を通す。

そして鋭い目で俺を睨《にら》んだまま、それをシャルに見せた。

「これは……⁉　お爺様《じいさま》の字⁉」

「無論、儂が書いたものではない。しかし精巧だ。儂らでなければわからんほどにな」

「俺の執事は手紙の偽造はお手の物でな」

「久しぶりでしたが、なかなかの傑作です。デュースの街に見本があったのが幸いでした」

デュースの街でセバスに命じたのは情報収集と、ローエンシュタイン公爵からの手紙の偽造。屋敷の保管庫にはツヴァイク侯爵とローエンシュタイン公爵との間で交わされた手紙がたくさんあった。

セバスで無理なら俺がやるつもりだったが、あれだけ見本があればそれなりのモノができる。セバスも職業柄、他人の字を真似《まね》するのは得意だからだ。

「大型飛竜にて兵糧を輸送せよ、敵軍の兵糧基地は山中にあり……これって指示？」

「そうだ。レオナルト皇子の本隊は兵糧攻めにあっていた。それに対して、援軍に来た第六近衛《この》騎士隊《え》が兵糧輸送作戦を展開したのだ。鮮やかに空から兵糧を届け、対応できたのは竜王子だけだったそうだ」

「それって……」

「状況的に見ればそんな奇抜な作戦を思いつきそうなのは目の前の皇子だけだ。だが、この皇子はその手柄をすべて儂《わし》に寄こすと言っている」

「北部の大物であるあなたが動けば敵の警戒を誘う。あなたは最初から皇帝と帝国のために動いていた。セバスを通して俺に接触し、的確な指示を与えた。これまでも、これからの手柄もすべてあなたの差し金だ。そうなれば罰することなどできない」

違和感を覚える者もいるだろう。

だが、俺の証言と証拠である手紙。それが揃《そろ》っているのにわざわざ文句をつける者はいない。

「真っ先にデュースに来たのはこのため？」

「この策をツヴァイク侯爵に相談するためだ。結局、それは間に合わなかったが、ツヴァイク侯爵は北部の貴族による会議を計画していた。おそらく否とは言わなかっただろう。だから実行した。黙っていたことは謝ろう。すまなかった」

「それはいいけど……こんな手紙があったらせっかくの手柄が……」

「手柄なんていらないさ。興味ないからな。これで北部の貴族が非協力的だとは言わせない。あなたの功績は北部貴族の功績だ。北部も家も守られるぞ。もちろんこれからの行動次第だがな」

そう言って俺はローエンシュタイン公爵に道を示したのだった。

「北部も家も守られるか……」

ローエンシュタイン公爵は呟《つぶや》き、ひじ掛けに手をかけた。

こちらの手札は晒《さら》した。

状況だけを考えるならローエンシュタイン公爵は俺の提案を受け入れるだろう。

北部貴族たちは当初、レオに加勢しなかった。皇族に対する嫌悪感があったというのもあるし、加勢しても旨味《うまみ》がなかったからだ。

ゴードンは帝都で敗北して勢いを失っていた。そんなゴードンへの対応策は包囲による持久戦。美味《おい》しいところはいずれ北上してくるリーゼ姉上が持っていく。

手柄を立てる機会もないなら参戦するまでもない。多くの貴族が何かしらの理由をつけて、レオの参戦要請を断った。あの時はレオが優勢だったからだ。

だが、状況は一変した。

あれよあれよという間にウィリアムはゴードン陣営を立て直し、レオは劣勢に立たされ、北部貴族は加勢するタイミングを失ってしまった。

しかも劣勢の原因はレオに加勢していた北部貴族たちの敗走。

今更加勢したところで、参戦が遅れたこと、劣勢の原因の二つで難癖をつけられるのは目に見えている。

だから北部貴族は動かなかった。

しかし、俺の提案によって北部貴族は水面下で動いていたことになる。

これによって参戦の遅れは問題ではなくなるし、俺の手柄をそのまま譲ることによって劣勢の原因となったことも帳消しにできるだろう。

あとはゴードンを討伐するのに力を貸せば、皇族の大恩人。これからの好待遇は間違いない。

「すべて思うがままという顔だな？」

「そうでもない。すべて思うがままなら俺は今頃、帝都で寝ているだろうからな」

ここにいること自体が俺の意に反している。

それを伝えるとローエンシュタイン公爵は鼻で笑った。

「いい加減な男だ。今、ここで儂と話しているのが不本意だと言うか？」

「もちろん。レオが窮地でなければ北部に来る気はなかった」

言質は取ったと言わんばかりにローエンシュタイン公爵は目を細めた。

それを見て、俺は肩を竦《すく》める。

向こうが望む答えを口にしたからだ。

「窮地にあるのは貴様の弟であり、貴様は何をしても弟を助けたい。そうだな？」

「その通り」

「そのために我らの力が必要となる。ならば交渉の主導権は我らにあるというわけだ」

「ゴードンにつく道があると思っているのか？」

「暴君にはつかん。だが、連合王国の竜王子は傑物だ。北部の安堵《あんど》を条件に協力するのも悪くない」

「ゴードンではなく、竜王子と交渉するか」

なくはない手だ。

皇族が嫌いならば帝国から離れるのも一つの道といえる。

幸い、連合王国は藩国にも自治を認めている。そのパターンで北部を統治するということも可能といえば可能だ。

北部貴族が全員寝返ることになれば、北部国境も持たない。藩国と連合王国の軍がやってくる。また情勢は変化するだろう。

だが、その手をローエンシュタイン公爵は取らないだろう。

そうなった場合、帝国はなりふり構わなくなる。

皇国と多少不利な条件でも不可侵条約を結び、リーゼ姉上が北上するだろう。

それでだめなら聖剣の使用すら考慮するはず。

そうなった場合、北部は徹底的に蹂躙《じゅうりん》される。大軍同士がぶつかりあう最前線となるからだ。

北部のことを想《おも》い、冷遇に耐えてきた北部貴族がその結末をよしとはしないだろう。

彼らにはもう皇族への忠誠心はない。だが、領土と民を守るという誇りまでは失っていない。

それを失っているならさっさとゴードン側についているはずだからだ。

あえてそのことを示唆したのは、交渉を有利に進めるため。

さすがに簡単に受け入れてはもらえないな。

「望みはなんだ？」

「望みなどない」

「それは異なことを。ならばなぜ竜王子との交渉を示唆した？」

「貴様が思うとおりにはならんということだ」

「俺はもっとも北部の民が被害を受けない方法を提案したつもりだが？　何が気に食わない？」

ローエンシュタイン公爵は俺と話をしながらも、常に俺を観察している。

その目に映るのは疑心。

ローエンシュタイン公爵は俺を信用してはいない。だから交渉がまとまらないわけだ。

どうにかして信用されなければ、この交渉はまとまらない。

本来、ツヴァイク侯爵に間へ入ってもらうつもりだった。それが一番信用を得られるからだ。今、それが使えなかったことのツケが回ってきている。

「儂が気に食わないのは貴様だ。儂は皇族を信用してはおらん。ましてや皇帝によく似た皇子など論外だ」

「約束を破ると思っているのか？」

「すでに約束は破られている。儂が娘を皇帝の妻に送り出したのは、北部に何かあった場合の保険だった。それがどうだ？　北部貴族は皇太子の死の責任を被《かぶ》せられ、冷遇された！」

「そのことは皇族の罪だろう。だが、あの時、皇帝にはやるべきことがたくさんあった。北部の問題を置いておくことしかできなかったことは、公爵とてわかるはず」

すでにあの時、権力の委譲は始まっていた。

それなのに委譲相手が死んでしまった。父上はもう一度、帝国を自分の下にまとめあげるために奔走しなければならなかったわけだ。

もちろん、理由はそれだけじゃない。皇太子の救助が間に合わなかったことを父上はきっと心のどこかで恨んでいた。

だから精力的には動かなかった。手が空くまで放置したともいえる。ほかにもやるべきことは山のようにあったから。

そしてローエンシュタイン公爵はそれが許せない。

「そんなこと関係あるものか！　娘は若くして北部一の剣士と名を馳《は》せ、剣の道に生きること

を望んでいた！　妻を早くに亡くし、一人で育てた子供たちだ！　幸せになってほしかった！　夢に生きてほしかった！　それでも儂は娘を差し出した！　すべて北部のためを思ってのことだ！」

第四妃を妻にしたとき、父上はまだ皇太子だった。とはいえ、ほぼ権力の委譲は終えており、即位まであとわずかという段階だった。ほかにも妃《きさき》がおり、恋愛結婚というわけでもない。

血筋の強化と権力の安定。完全なる政略結婚だ。

剣士として生きることを望んだ第四妃にとって、女として利用されるのは屈辱的だっただろう。

だが、公爵の娘というのはそういうものだ。

喜んで皇帝の妻になる貴族の女性は大勢いる。普通じゃなかったのが悲劇だったといえるだろう。

「娘を送り出すとき、儂は北部のことをよろしくお願いしますと頭を下げた！　それを了承し、娘を妃としたにもかかわらず、北部のことを顧みない皇帝とその息子！　どう信じろというのだ⁉」

「信じる信じないは別として、他に道がないことは公爵が一番わかっているはずだ」

「貴様が約束を破ればどうなる？　手柄を必ず譲ると誰が保証する？　貴様は今、弟のために北部諸侯の力が欲しい。だが、戦争が終わればどうだ？　次に欲しくなるのは帝位争いを勝ち抜くための手柄だ。貴様が躍進することは弟にとって大いにプラスとなるだろう！」

「そんなことはしない。俺が躍進することによって票が割れる。北部貴族の信頼も失う。そんな馬鹿なことはしない。あなた方のために動き、あなた方の支持を取り付けたほうがいいに決まっている」

「口では何とでも言える！」

おかしい。

あまりにも頑《かたく》なすぎる。

これ以上、引き伸ばしても公爵にメリットはないはずだが。

「儂と交渉したくば、皇帝自らか宰相を連れてこい！　誓約状を書かさねば信用などできぬ！」

「無茶《むちゃ》を言うな。この情勢下でどちらかが帝都を離れるなどありえない」

「では誓約状を持ってこい。貴様が知恵を働かせ、北部のために誓約状を持ってくる。それが儂の望みだ」

そう言って公爵は話は終わりだとばかりに椅子から立ち上がる。

だが、一瞬だが公爵がよろけた。

咳《せき》をこらえるような仕草のあと、公爵は何事もなくその場を立ち去っていく。

「お爺様！　待ってください！」

その後をシャルが追っていくが、ローエンシュタイン公爵は相手にしない。

シャルは大事な息子の娘にして、盟友の孫でもある。

ローエンシュタイン公爵にとっては大切な存在だろう。

それは交渉の前に見せた怒りからもわかる。

だが、今はあまりにもそっけない。

「どう見る？」

「アルノルト様が考えているとおりかと」

「……そうか」

俺はセバスの言葉を聞き、踵《きびす》を返した。

おそらく公爵は病だ。だからこそ、明確な物証を必要としている。

自らが亡くなったあとのために。

# 第三章　北部諸侯連合

*Episode 3*

1

一晩経《た》って、俺たちは屋敷に近づくことができなくなった。

近くの宿屋で待機していたネルベ・リッターと合流はできたが、公爵はもちろん、シャルとの面会も許されていない。

「余計なことができないようにされたか」

「なんとしても誓約状を持ってこさせるつもりですな」

セバスの言葉に俺はため息を吐《つ》いた。

今から帝都に戻って父上を説得している時間はない。

なんとかして公爵を説得しなくては。

「ローエンシュタイン公爵が病気というのは本当なのですか？」

宿屋の一室。

そこにいるのは俺とセバス、そしてラースの三人だけだ。

ローエンシュタイン公爵の病気についてはラースにだけ伝えた。

しかし、ラースはまだ半信半疑の様子だ。

「ほぼ間違いない」

咳のこらえ方、体のぐらつき方。

どれも見たことがある。

母上と同じ病だろう。そしてそれはきっとシャルも同様だ。

症状があまりにも似ている。

「確信があるご様子で、しかし、そうなると公爵の出陣は難しいのでは？」

「病の進行次第だが、あの頑なな様子を見る限り、自分の死期を悟っているんだろう。そうでなければ提案を撥《は》ね除《の》けて、誓約状を持ってこいなんて無茶ぶりはしない」

無茶を言うのは必要だからだ。

ローエンシュタイン公爵は北部の象徴。

あの人がいればこそ、北部はまとまるし、北部貴族の存在感も増す。

戦後に亡くなったとなれば北部貴族は烏合《うごう》の衆。約束を破られたとしても抗議する力すらなくなるだろう。

自分が死ねば軽んじられる。そうわかっているから誓約状を求めているわけだ。

「公爵が生きていればいくらでもやりようがある。だが、公爵の命は長くなく、代わりもいな

い。唯一、代わりを担えたかもしれない人は先に逝った」

「辛《つら》いですな。シャルロッテ嬢は」

「……」

二人の祖父を同時期に亡くすなんて、不幸としかいいようがない。

できるなら穏やかな日々を与えてあげたいが、そうもいかない。

病に対して古代魔法は無意味だ。

母上の病を治せない以上、公爵の病も治せない。

こういうとき、自分の能力が偏っていることが恨めしくなる。

「公爵はきっとシャルに病を隠している。ショックを与えないためだろうが……どうせいつまでも隠し通すのは無理だ」

「接触しますか？　シャルロッテ嬢に」

「そうするしかない。すべてはシャル次第だ」

ツヴァイク侯爵の後を継ぐということは、公爵に無理をさせるということだ。

逆にローエンシュタイン公爵の傍《そば》で穏やかな日々を望むということは、ツヴァイク侯爵の後を継がないということになる。

道は二つに一つ。

俺たちがどうこういうよりもシャルが選択するべきだろう。

「潜入するぞ。できるな？」

「楽勝です」

そう言ってラースは意気揚々と屋敷の地図を取り出した。

「用意がいいな？」

「いざというときは制圧する気だったので」

「交渉が穏やかに終わってよかったよ」

そう言いながら俺はラースの言葉に耳を傾け始めた。

■■■

「さて、それじゃあまずは外の見張りをどうやって無力化するか、だな」

俺たちは危険人物だ。見張りくらいはついている。

それをどう無力化するかが問題だ。

しかし。

「報告！　外に出ていた者より、街の様子がおかしいという情報が入りました」

「詳しく話せ」

「街の外から賊らしき者たちが続々と入ってきているそうです」

「賊？　ガラの悪い傭兵《ようへい》たちか……？」

「公爵が集めたのでしょうか？」

「いくらなんでも早すぎる」

俺の提案に乗る気で集めたなら、わざわざ突っぱねた意味がない。そもそも早すぎる。

そんなことを思っていると、さらに報告が入った。

「報告！　街の各地で火の手！」

「賊らしき者たちがそのまま賊だったわけか……なぜ入れた？」

「警備が甘いという印象は受けませんでしたが……」

「ってことは、入れたんだろうな」

ラースの言葉に俺は答えた。そうなるとまずい事態だ。

北部最大の貴族にして、最強の貴族であるローエンシュタイン公爵。そのお膝元で起きていい事件じゃない。

「見張りの様子は？」

「我々の見張りより、騒動への対処を優先したようです」

「報告！　屋敷より騎士の小隊が続々と出撃しております」

「さすがに早いな」

元将軍のローエンシュタイン公爵。その旗下にいる騎士たちだ。しっかり訓練されているだろう。入ってきた賊の数はわからないが、問題なければさっさと解決するはずだ。

「この隙に屋敷へ向かいますか？」

「俺たちの差し金と思われかねない。俺たちは動かん」

「今更、心証が悪くなるとは思えませんが？」

ラースの言葉に俺は肩を竦《すく》める。確かにその通りだろうし、見張りがいない隙に屋敷に侵入したほうがいい。そっちの方が楽だ。

けれど。

「心証が悪いからといって、好き勝手やっていいわけじゃない。俺たちが屋敷に侵入したいのは……力を借りたいからだ。シャルに公爵を説得してもらいたい。できるなら、俺のことを認めてもらいたい。それならば……振る舞いには気を付けるべきだ」

「わかりました。では、待機を命じます」

ラースは軍人だ。目的の遂行こそが一番。考えはわからなくもない。ただ、俺が同じ考えで動くわけにはいかない。

目の前の結果だけが大事なわけじゃない。大事なのはその先。

シャルがいくら説得しようと、結局は俺たちにつくということは、公爵は皇族に、そして俺に膝をつくということだ。

形だけでは意味がない。

この人になら膝をついてもいい。

そう思わせることが一番だ。そうでなければ意味がない。

だからこそ、今の俺は結果だけを求めるわけにはいかないのだ。

# 2

「遅すぎる」

俺の一言に傍にいたセバスも頷《うなず》いた。

「ローエンシュタイン公爵家の騎士たちにしては、手際が悪いですな」

「ローエンシュタイン公爵と共に戦った者たちはもう衰えているだろうが、後進の育成をないがしろにするとも思えない」

優秀な家臣団がいるならば、騎士たちもそれなりの訓練を受けているはず。それなのに一向に騒ぎが収まらない。火の手は消し止められているが、暴れている賊たちは健在だ。

「何が起きてる？」

「偵察させている部下たちからの情報によれば、どうやら屋敷との連絡が上手《うま》くいっていない様子です」

「どういうことだ？」

「出撃した各小隊は屋敷に指示を仰いでいますが、効果的な指示が出ないようで、ほぼ独断で動いている状況のようです」

「小賢《こざか》しく動き回る賊を捕まえられないわけだな」

動ける騎士は出撃している。火の手を消すことができても、賊を捕まえられないのは連携が

取れていないからだ。

屋敷にはローエンシュタイン公爵がいる。公爵が指揮をとれなくても、代わりにとる側近もいるはず。それなのに屋敷が機能していない。

「陽動だったか……」

「屋敷が制圧されましたかな？」

「かもしれないな」

「どうされますかな？」

「まずは賊だ。放置はできない」

「しかし、逃げ回る賊を追いつめるには連携が必要です」

「そうだな。地図を」

「はっ」

領都ロアの地図が机の上に広げられる。

大きな一本道が通っており、そこからいくつも道が伸びている。すべてを押さえるのは不可能だろう。けれど、絞ることはできる。

「俺の声を届けることはできるな？」

「準備いたします」

「どう声をかけるおつもりですかな？　身分を明かすことはできませんが？」

「シャルの護衛であるシュヴァルツとして声をかける」

「騎士が傭兵の言うことを聞くでしょうか？」

「何事も言い方次第さ」

「では、私は屋敷に向かいますか？」

「待機だ。悪いが、今回は俺がやる」

「勤勉ですな？」

「勤勉にもなるさ。俺が頑張らないと誰も俺を認めないからな」

認められる必要がないから出涸《でが》らし皇子という評判に甘んじた。軽んじられても平気だった。

けれど、ここではそうはいかない。

少なくとも公爵の前では頼りになる皇子でなければいけない。

「準備が整いました」

「よろしい」

俺は返事をして、静かに深呼吸をする。

そして。

「領都にいる騎士たちへ。俺はシャルロッテ嬢の護衛を引き受けたシュヴァルツだ。これ以上、賊が好き勝手やることを見ていられないため、我々はこれより大通りを制圧に向かう。そこで、大通りから発生する細道の制圧を騎士たちに任せたい」

細道は多い。すべてを押さえるのは不可能。ならば、土地勘のある者が使われそうな細道を押さえるしかない。

大通りさえ押さえておけば、賊の動きは制限できる。だから、騎士たちがしっかりと動いてさえくれたら成功するだろう。

「俺たちは傭兵だ。この提案に対する強制力はない。しかし、試す価値はあるだろう。価値を見出《みいだ》したなら同調してほしい。騎士として、傭兵の提案に乗るのは不本意だろうが……長引けば困るのは民たちだ。北部の騎士は民のために屈辱に耐えられると俺は信じている。では、我々は動かせてもらう」

そう言い切って俺は喋《しゃべ》るのをやめた。

勝手に信頼を口にするなんて、いい加減と言われるかもしれない。だけど、世の中には信頼を示されることを意気と感じる者もいる。

「出るぞ。大通りを速やかに制圧しろ」

北部の騎士たちがそうであると、俺は信じているのだ。

■■■

大通りの制圧は容易《たやす》かった。先ほどの声は都市全体に届いていた。当然、賊たちも聞いている。

だから大通りに賊の姿はない。奴《やつ》らは細道に向かったのだろう。

そうなると、どれだけの騎士が動いてくれるか、だが。

「報告！　騎士の小隊が逃げる賊の一部を捕らえた模様！」

ネルベ・リッターの隊員の報告と同時に、大通りに騎士の小隊が現れた。

後ろには縄で縛られた賊たちがいた。

「シュヴァルツ殿はおられるか⁉」

「俺がシュヴァルツだ」

壮年の騎士が俺たちの方に進み出て、シュヴァルツの名を呼んだ。それに応じると、壮年の騎士はフッと笑った。

「すぐに行かねばならないため、馬上から失礼する。ご助力に感謝を」

「屋敷と連絡は取れないが……シャルロッテ嬢なら助力を願い出ただろうからな。気にする必要はない」

「それでも……信じてくれたことに感謝する。我々はこのまま賊を一人残らず捕まえる。屋敷の様子がおかしいのは気づいておられるか？」

「もちろん。何かあったな」

「ほかの小隊も賊を捕まえ始めた。ここは時間の問題だ。シャルロッテ様が心配ならば、少数でも屋敷へ向かったほうがよろしいだろう」

「……お任せしてもよろしいか？」

「無論のこと。ここは我らが守るべき街ゆえ」

「では、シャルロッテ嬢の護衛に戻らせてもらおう」

「武運を祈る。この状況で屋敷が指示を出さないのは、ただならぬことだ」

「承知した」

壮年の騎士は頷くと、部下を何人か賊の監視に残し、そのまま細道へと戻っていった。たしかに賊が捕まるのは時間の問題だろう。建物に隠れようと、都市全体が敵だ。怪しい奴はすぐに見つかる。

「ラース。手練《てだ》れを五人貸してくれ。ここの指揮は任せる」

「五人でよろしいので？」

「セバスもつれていく。それに目的は侵入だ。制圧じゃない」

「かしこまりました。用意します」

ラースはそう言って、俺についてくる五人の選抜を始めた。

この賊による騒ぎが陽動ならば、屋敷はすでに制圧されている。とはいえ、仮にも雷神の屋敷だ。賊ごときが制圧できるわけがない。

裏切り者がいる。それは間違いない。

「問題は、誰と通じているか、だな」

呟《つぶや》きながら俺は屋敷へと向かったのだった。

3

ローエンシュタイン公爵の屋敷は通常の貴族の屋敷よりもだいぶ厳重だった。

そもそも作りから防衛を意識して作られている。ただ、騒動のせいか、警備網に穴があった。

バリバリの訓練を積んでいるネルベ・リッターならば、潜入はさほど難しくなかった。

「こちらです」

隊員の案内に従いつつ、屋敷の地図を頭の中で思い描きながら、シャルがおそらくいるだろう部屋を探す。

そうしていると、二人の護衛がついた部屋を見つけた。

公爵の部屋ではない。

俺はセバスに目配せして、真っすぐその部屋へ向かう。

俺の姿に気づいた護衛が目を見開くが、彼らは後ろからセバスによって気絶させられた。

「シャル！　入るぞ！」

軽くノックをして俺は扉を開ける。

エルナみたいで抵抗はあるが、悠長にはしてられない。

「シュヴァルツ!?」

驚いた声が中から聞こえてくる。

しかし思った以上に遠い。

見ればシャルはバルコニーから外に出ようとしていた。カーテンをまとめて、綱のようにしている。

何しているんだと思いつつ、そっちに駆け寄るが、俺のせいでバランスを崩したらしく、シャルはグラグラと揺れ始めた。

「わっ、わっ、わっ!!」

「おいおい!!」

慌てて距離を詰めるとシャルの腕を両手でつかむ。

なんとか体勢を立て直したシャルをバルコニーまで引っ張り上げ、俺は一言告げた。

「はぁはぁ……危ないって言ったろ?」

「あはは……そうね。ごめん」

苦笑いを浮かべながらシャルは立ち上がる。

外に出ようとしていたんだ。

何か目的があったんだろう。

「聞いて。ゴルトベルガーが裏切ったわ。お爺様《じいさま》を助けなきゃ。手伝って」

「まぁ、不思議じゃないな。相当、皇族につくのを嫌がっていた様子だし。しかし、簡単にローエンシュタイン公爵が裏切りを許すとはな」

「……たぶん私と一緒ね。原因不明の体調不良。悪いときは血を吐くし、立ち上がることもで

きなくなる。それなのに平気なときはとことん平気。厄介な病気よね」

「気づいていたか……しかし、君と公爵は違う。もう高齢だ。負担がかかればそれだけ寿命が縮む。だからこそ、俺に誓約状を求めたんだ。出陣すれば命を削る。もしも自分がいなくなったとき、確実に北部の貴族たちを守るために。当然、ローエンシュタイン公爵は助けるが……覚悟はあるか？　俺はローエンシュタイン公爵を戦場に引っ張り出す気だぞ？」

殺すといっているに等しい。生きていてほしいなら、このまま制圧されていたほうがいいだろう。

ゴルトベルガーは側近だった。皇族につくのが嫌なだけで、ローエンシュタイン公爵が憎いわけではない。

シャルが望むなら、ローエンシュタイン公爵と穏やかな余生を過ごせるはずだ。

しかし、シャルは俺の質問に静かに頷《うなず》いた。

「覚悟はあるわ……私はローエンシュタイン公爵の孫娘で、ツヴァイク侯爵の孫娘。北部のためにやれることをやる義務があるわ。あなたが北部に来たように」

そう言ってシャルはフッと微笑《ほほえ》むと、踵《きびす》を返して扉へと向かっていった。

正直、覚悟を甘く見ていた。

シャルはすでに強い覚悟を持っている。

「すまない。謝罪しよう」

「何をかしら？」

「甘く見た。君という人間を」

「そうね。侮らないでほしいわ。私は雷神の孫娘なんだから」

4

「通しなさい。お爺様とゴルトベルガーに用があるわ」

「シャルロッテ様……しかし……」

「力ずくで通ったほうがいいかしら？」

シャルの右手で雷がバチリとはじけた。

それを見て、公爵の部屋を守っていた護衛は道を譲る。

おそらくゴルトベルガーに賛同した者たちだが、シャルを相手に戦う度胸は持ち合わせていなかったようだ。

そしてシャルはゆっくりと扉を開けた。

「お転婆《てんば》娘め……誰に似たのやら」

ローエンシュタイン公爵はベッドで横になっていた。

その顔は昨日に比べると十歳は老け込んでいるように見えた。

病は俺が思っているよりもひどいのかもしれない。

「お爺様に似たんです」

「そうか……これも計画どおりか？　ゴルトベルガー」

公爵のベッドの横に座っていたゴルトベルガーがすっと立ち上がった。

ローエンシュタイン公爵に何もないところを見ると、説得でも試みていたんだろう。

俺はそんなゴルトベルガーを見ながら、ネルベ・リッターやセバスを外で待たせ、部屋の扉を閉めた。

ここからは俺が頑張らなければいけない番だ。

「シャルロッテ様……その皇子と共にいることの意味をお分かりですか？」

「わかっているわ。誰よりも」

「皇族は！　北部貴族を軽蔑し、杜撰《ずさん》に扱い、迫害した！　あなたの祖父であるツヴァイク侯爵はそのせいで命を縮めたといっても過言ではないのです！」

「その通りだと思うわ」

「では、なぜ皇族に味方するのです!?　皇族は信頼できない！　それは証明されています！　公爵も誓約状さえあれば皇族につく気です！　私にはわからない！」

「ほかに道がないからよ。すべては北部のため。私たち北部貴族には北部を守る義務がある」

「ほかに道はあります。竜王子と交渉し、北部の独立を約束させればいいのです。ゴードンには北部以外の場所を奪い、くれてやればいい。憎い皇族との関係もここまでです」

「反乱に手を貸した王子が約束を守るとでも？　竜王子と手を結んだところで、結局はゴードンの手足にされるだけよ」

「最初はそうかもしれません。しかし、帝都やほかの領地を落とせば北部は独立できる！」

「北部に今以上の戦禍が広がるわ。皇族が憎いからと、北部を戦禍にさらすのは本末転倒よ。私たちは北部の民、土地を守りたいのだから」

シャルは毅然《きぜん》と言い放つ。

それに対してゴルトベルガーは顔をしかめる。この分からず屋が、といったところか。

「守りたいと願い……お嬢様……公爵はお嬢様すら皇帝に差し出したのです！　しかし、北部は守られなかった！　すでにお嬢様……第四妃様と約定を交わしてあります。東部か西部の一部が手に入れば、そこにゴードンは拠点を移す。我々はその手伝いをするだけで、独立を獲得することができるのです！　竜王子と手を組めば、さらに藩国と連合王国も協力する！　我々にはこの道しかないのです！」

「なるほど。かつて守ったお嬢様に丸め込まれたか」

俺がそうつぶやくと、ゴルトベルガーが素早く腰の剣を抜いた。

シャルがそれに対応しようとするが、俺はそれを手で制した。

「こいつに俺を殺す度胸はないさ」

「出涸《でが》らし皇子に舐《な》められるとは、私も老いたな。皇族ならば殺されないと高をくくっているのか？　それともシャルロッテ様が助けてくれると？　この距離ならシャルロッテ様より私のほうが速いぞ？」

「なら斬れ。俺の首を持っていけばゴードンは喜ぶぞ。おそらく竜王子も。帝都で散々馬鹿に

したからな」

「なにぃ？」

「斬りたければ斬れといっている。この地でまた皇族の血が流れる意味を理解しているのなら、斬ればいい」

俺はゴルトベルガーの目を真っすぐ見つめる。

まさかそんなことを言ってくると思わなかったのか、ゴルトベルガーが一瞬怯《ひる》んだ。

その隙に俺はゴルトベルガーの剣を素手で摑《つか》み、自分の目の前に持ってくる。

研ぎ澄まされた刃が俺の手の平を裂き、血が床に滴る。

「な、なにを⁉」

「皇族の血は尊い。そのことを俺は良く理解している。アードラーの一族は血を磨きぬいてきた。この血は強者たちの集合体だ。ときたま俺のような出来損ないも生まれてくるが、大抵は優秀な奴《やつ》が生まれてくる。だから、皆が守る。だから、皆が尊ぶ。ゴードンはすでに反乱者だが、俺は違う。今でも皇族だ。その命がこの地で散れば、父上は勇爵と共に出陣する！　北部の貴族たちが守ろうとしたこの地が！　大戦の舞台となる！　わかっているのか⁉　聖剣がこの地を焼くかもしれないんだぞ⁉　東部国境守備軍の駿馬《しゅんめ》がこの地を踏み荒らすかもしれないんだぞ⁉」

「そ、それは……」

「俺が死んでも駄目だ！　レオが死んでも駄目だ！　北部は今以上の戦禍に巻き込まれる！

独立だと⁉　帝国は威信にかけて潰しにくるぞ⁉　喜ぶのは他国だけだ！　いつまで目を曇らせているつもりだ⁉　さぞや心地よい言葉だっただろうな⁉　しかし、その心地よい言葉の先に転がるのは……北部の民の骸《むくろ》だぞ⁉　血の海ができる！　血の尊さはたしかにあるだろう！　しかし、民の血が軽いなど俺は言わせない！　ツヴァイク侯爵が……北部貴族が誇りを捨てて守ったのは……北部の民だ！　目を覚ませ！　今、この時にも民の血が流れているんだ！　民を蔑《ないがし》ろにするな！」

「私は民を蔑ろにしたことはない！」

「では、なぜ陽動に賊を使った⁉　民を危険にさらして、屋敷を占拠し、独立だと？　笑わせるな！　貴様に大義は存在しない！　皇族が嫌いだという感情だけで動いているからだ！　いいか、よく聞け！　貴様のくだらない皇族嫌いに付き合っている暇は俺にはないんだ！　俺には皇族として帝国の民を守る責務がある！　殺す覚悟すらないなら下がっていろ‼‼」

俺はそういうと、ゴルトベルガーの剣から手を放す。

俺の言葉に圧されたゴルトベルガーはゆっくりと剣を下げた。

自分が行っていることが自己満足だと気づいてしまったのだろう。

もう、この男は何もできない。

嫌いな皇族に論破されてしまったからだ。

シャルがゴルトベルガーから剣を取り上げる。ゴルトベルガーはそれにただ黙って従った。

それを見て、俺はゆっくりとベッドのローエンシュタイン公爵に目を向ける。

「……昨日の今日で動き出すとは……こらえ性のない男だな……」

「時間がないのでな」

「そうか……だが時間がないのは儂《わし》も一緒だ」

そういうとローエンシュタイン公爵は苦し気に顔を歪《ゆが》めながら体を起こす。

シャルは慌ててそれを支えるが、ローエンシュタイン公爵は激しくせき込んだ。

「ごほっ！　ごほっ！　はぁはぁ……見ての通り……儂は動けん……」

「だから誓約状が必要だと？」

「そうだ……儂亡きあと……北部を尊重させるためには確実な物証が必要だ……どれほど憎んでも憎み足りん皇帝だが……情勢を見誤るほど愚かではないと評価もしている……」

誓約状を書いたのにそれを反故《ほご》にすれば、各地の貴族からの信頼を失う。

他国に攻められ、国内の問題を解決したい父上はその愚を犯さない。

だから公爵はどうしても誓約状が欲しいんだ。

だが。

「父上は決して誓約状を書かない。臣下の要求に屈すれば、それはそれで求心力の低下に繋《つな》がるからだ」

「それをなんとかするのが貴様の仕事だ……」

「説得には時間がかかる。その間に北部の戦況は取り返しがつかないことになる。さっきも言ったが、時間はかけられない。どうか信じてほしい。皇帝である父ではなく、皇子である俺を」

「出涸らし皇子を信頼しろと……？　貴様にそこまでの力があるか？」

「……誓約状は俺が書く。俺は俺の最大の強みを賭けて、北部貴族への尊重を勝ち取ろう」

「最大の強みだと……？」

「皇子の地位を賭けよう。血筋ゆえ、平民にということはないだろうが、どのような役職でも、政略結婚でも、実験でも受け入れる。俺は俺の自由を代価として北部を守る。だから……俺の誓約で納得してほしい」

そう言って俺はゆっくりと片膝をついて、ローエンシュタイン公爵に頭を下げた。

皇族が臣下に頭を下げることは基本、あってはならない。

だが、俺の頭は軽い。下げなきゃいけないならいくらでも下げよう。

そうして見せれば俺の言葉にも重みが出る。

俺は皇子の地位に執着していないと公爵に伝えられる。

父上としても俺が皇子の地位を賭けるとまでいえば、否とは言えない。俺がそうするということは、北部貴族が戦功をあげているということだ。それに対する正当な評価を要求するわけだ。それを突っぱねればそれはそれで周りの信頼を損なう。

「なぜ……そこまでする……？」

「皇族だからと言いたいが……それが一番じゃない。個人的なことだ。ツヴァイク侯爵には大恩がある。その恩はシャルに返す。北部の問題も解決するし、北部貴族の地位も確保しよう。ほかでもなく、俺がそうしたいからだ」

「……シャルロッテ。お前は信じるか？」

「……信じます。きっと……共に死んでほしいと言えば共に死んでくれるでしょう。そういう人です」

シャルの言葉にローエンシュタイン公爵は何度も頷《うなず》き、そして疲れたように深く息を吐いた。

そして。

「では……どうしたい？」

「私はツヴァイク侯爵の後を継ぎます。北部貴族による会議を開き、北部貴族の意見を一つにまとめます」

「それが戦うとの意見だったら……？」

「北部諸侯連合を提案します。ほかでもない、ツヴァイク侯爵の孫娘である私が提案すべきだから」

シャルの言葉を聞き、ローエンシュタイン公爵は小さく笑みを浮かべたのだった。

「……北部諸侯連合か」

「はい」

「だが……それを成すためには旗印が必要だ。儂は動けぬ。皇帝の誓約状があれば士気もあげられるだろうが、皇子の誓約状では士気は上がらぬだろう」

前回、北部諸侯連合が敗北したのは士気の低さとまとまりのなさからだ。

そこをウィリアムに突かれた。

前回よりも数をそろえて出陣したとしても、そこを解決しなければ二の舞だ。

「……説得します。私が」

「……説得する時間はない。北部貴族を集め、会議を開いたら、すぐに戦いの準備を始めねばいかん。そうだな？　アルノルト皇子」

「そうだ。時間はない」

「では、どうする……？」

試すような口調でローエンシュタイン公爵は訊《たず》ねてくる。

シャルではなく、俺に訊ねてきたのは孫への最期の愛情だろう。

答えはとても残酷だ。

シャルが提案する北部諸侯連合を成立させる方法は一つ。

「公爵の命を――いただきたい」

「やはり……それしかないか……」

シャルは何も言わない。

ただ震える手で公爵の手を握る。それを公爵は強く握り返した。

「この儂に面と向かって死ねという若造がおるとはな……」

「公爵が出陣すれば北部諸侯連合は成立する。士気も大いに上がるだろう」

「その代わり……儂は間違いなく死ぬ。その程度はわかる。生まれ育ったこの領地で死にたいと思っていたが……それは許さぬと？」

「家族に囲まれ、穏やかに天に帰る。それも良い死に方だ。しかし……余力を残して死なせてやれるほどこちらに余裕はない。その命、最期の最期まで絞りつくしてほしい。北部のために」


北部のために、か。

都合のいい言葉だ。

北部のために娘すらささげた男に、最期の時間すら寄こせと言う。

なんて横暴なのか。

安静にしていれば半年、もしかしたら一年、あるいはもっと生きられるかもしれない。だが、この体調で馬に乗って出陣すればどれほど寿命を縮めるか。

戻ってこれないと覚悟しての出陣になるだろう。

戦場で死ぬのが誉れという者もいるが、すでに軍を引退した老人だ。

わざわざ引っ張り出して、戦場で死なせるなんて惨《むご》いにもほどがある。

「シャルロッテ……儂はこの家と北部にすべてを捧《ささ》げた。それは……よくわかっているな……？」

「はい……」

「では聞こう……安静にゆっくりと死ぬ祖父と……最期まで覚悟を決めて戦う祖父……どちらが好きだ……？」

「お爺様《じいさま》……」

「公爵……」

ローエンシュタイン公爵はシャルに決めさせようとしている。

驚いて俺は顔を歪めるが、それを見て公爵は笑う。

「すべての責任を貴様に押し付けようと思っていた……だが……皇族の意向で戦うのは癪《しゃく》だ。最期くらい……家族の意見で戦いたい。儂の命は……家族のものだ」

「……私は……北部を守り続けたローエンシュタイン公爵を尊敬しています……どうか……雷神として北部を守る姿を見せてください……この目に焼き付けます」

「相分かった……アルノルト皇子……儂の命、上手《うま》く使う自信はあるか？」

「……もちろん」

「ならばくれてやろう……北部の貴族たちに知らせを触れ回れ……ローエンシュタイン公爵が出陣すると、な」

そう言ってローエンシュタイン公爵は壮絶な笑みを浮かべた。

死を覚悟した人間の笑みだ。

横ではシャルが静かに泣いている。

自分の決断で祖父を出陣させるのだ。無理もないだろう。

そんなシャルの頭にローエンシュタイン公爵は手を乗せると、よろけながらベッドから出た。

「さぁ……戦じゃ!!」

そう言ってローエンシュタイン公爵は部屋の扉を開け放つ。

外では異変を察した騎士たちが大勢、膝をついていた。

彼らに公爵は大声で告げた。

「出陣準備！　儂と共に死にたいという古株どもにも声をかけよ！　かき集められるだけの戦力を集めよ！」

「はっ！　かしこまりました！」

「アルノルト皇子……どこで会議を開催する？　ふさわしい場所はどこだ？」

「グナーデの丘だろうな」

「……悪くない」

そう言ってローエンシュタイン公爵は先ほどまでベッドで疲れ果てていた老人とは思えない足取りで歩いて行った。

グナーデの丘は北部の聖地といってもいい。

五百年前。

北部を荒らした悪魔の一団に対して、北部の騎士たちが決戦を挑んだ場所だ。

犠牲は多かった。しかし北部の騎士たちは独力で悪魔を退けた。

北部の強さの象徴。

北部諸侯連合を作るならこれほどうってつけの場所はないだろう。

手紙を受け取った貴族たちはおそらく、もうローエンシュタイン公爵領に入っている。

ローエンシュタイン公爵がどう動くか見守っているだろう。

それだけローエンシュタイン公爵は北部にとって重要人物だということだ。

「……大丈夫か？」

「……大丈夫じゃない……」

ローエンシュタイン公爵を見送ったあと、俺は部屋に戻る。

そこではシャルがベッドに手を当てて目を瞑《つぶ》っていた。

声は涙声だ。

「何かできることはあるか？」

「……ないわ。行って……温《ぬく》もりがなくなったら……切り替えるから……」

「……わかった」

古代魔法をいくら使えても、病を治すことはできない。

どれだけ権謀術数を身に付けても、涙を止めることはできない。

俺は静かに部屋を去った。

「無力だな……俺は」

「だからここにいるのでは？　一人で何でもできるならあなたはここにいる必要はない。無力ゆえに、マシな未来を摑《つか》むために走っているのでしょう？　これまでも、これからも」

いつの間にか後ろにいたセバスの言葉に俺は苦笑する。

そうだ。

無力だから俺はここにいる。

止まって何でもできるほど万能ではないから。

「行くぞ。北部貴族を束ねて……ゴードンを討つ」

「はっ」

そう言って俺は歩き出したのだった。

## 5

ゴードンの拠点であるヴィスマール。

そこでホルツヴァート公爵家の次男、ライナーは兵糧の管理を行っていた。

優秀という評判に違《たが》わず、ヴィスマールの統治にも関与しており、制圧した街でありながら反乱などは起こさなかった。

その優秀さを買われ、二つの戦線を抱え、不規則にヴィスマールに到着する藩国と連合王国からの兵糧を管理するという難しい仕事を与えられていたわけだ。

そんなライナーの下にガチャガチャと動きづらそうな鎧《よろい》を着たギードがやってきた。

機能性よりも見た目を重視したデザイン。しかもその見た目も士気が上がるものではない。

個人の美意識に何か言う気はないライナーだが、前線に出る貴族が個人の美意識を優先するのは首を捻《ひね》らずにはいられなかった。

もちろん態度には出さなかったが。

「これは兄上。これから出陣ですか？」

「そうだ！　ヘンリック殿下の〝側近〟として出陣する」

側近という言葉をギードが強調する。それにライナーは苦笑を浮かべた。

ヘンリックの周りにはゴードンの側近が控えている。ギードはあくまでおまけだ。

役割としてはヘンリックの話し相手。

実力を買われての抜擢《ばってき》ではない。考えればわかることだ。

ギードは戦場に出たことはなく、功績も立てていない。

普通ならばなぜ自分が？　と考えるところだろう。

しかし、ギードはそれを当然のように受け入れる。自己評価の高さがそうさせるのだろう。

優れた血を引く自分が重要な役目を負うのは当然。

そんな心境なのかと考え、内心ではため息を吐《つ》く。

「何がおかしい？」

「いえ、戦場に出るというのに怖くはないのかと思いまして」

「怖い？　僕がレオナルトを恐れると？　城に隠れるしかできない奴《やつ》なんか恐れるに足りないね」

「剛毅《ごうき》ですね」

「僕はホルツヴァート公爵家の長男。当たり前だ！　家を継ぐのも僕だ！　お前は失格の烙印《らくいん》を押されたんだ！　自分の非力を嘆いて、せいぜい書類と向かい合っていればいいさ！」

そう言ってギードは高笑いをしながらライナーの部屋を去った。

それを見て、ライナーは鼻で笑う。

あまりにも滑稽だったからだ。

「ホルツヴァート公爵家は代々文官の家系。兄上が頼みとする血には武の才はないんですけどね」

常に帝位争いで賢く立ちまわり、ホルツヴァート公爵家は生き残ってきた。

時には戦場に出ることもあったが、強敵を相手にするようなことは避けてきた。

城に籠っていようと英雄皇子は英雄皇子。短期間で多くの武功をあげてきた皇子を相手にするのは愚策もいいところだった。

意気揚々と出陣するのは馬鹿な証拠。

普通ならとあることを警戒するところだ。

「自分が捨て駒だと気づかないとは……我が兄ながら愚かなことだ」

「ライナー様。首尾はどうでしょうか？」

部屋の影。

音もなくシャオメイが現れる。

そちらを振り返らず、ライナーは淡々と告げた。

「ヘンリック皇子と兄上をレオナルト皇子に差し向けた。ウィリアム王子と衝突し、失態を晒《さら》すはずだ。脇を固める将軍たちも、元々ウィリアム王子の下につくことを嫌っていた者たちだ。

止めはしないだろうさ」

「では、作戦通りということですね？」

「ああ。兵糧を管轄するボクを外すことはない。おそらく父上は戦場の後方に置かれ、兄上の責任を取らされるだろう。ボクらがレオナルト皇子と戦うことはない。すべて予定どおりだ」

「わかりました。第四妃様は？」

「隠密《おんみつ》任務だ。詳細はボクも父上も知らない。まぁあの人のことだ。剣にモノを言わせた何かをする気だろうさ。そちらも心配ないんじゃないかな？」

「どうでしょうか？　私にはわかりかねます」

「君にわからないことなんてあるのかい？　殿下の目であり、耳だ。こうしてボクらと容易に接触できる。言っておくが、ここは敵の本拠地だよ？」

「敵の目はレオナルト皇子に向いていますので」

シャオメイの言葉にライナーは肩を竦《すく》める。

この侍女は隙がない。精神的な意味で、だ。

だからこそ、こうして様々な勢力に接触できる。

「まぁいい。じゃあ殿下に伝えておいてくれ。ホルツヴァート公爵家はいつでも裏切り……違うな。表返る準備ができています、と」

「かしこまりました」

そう言ってシャオメイは姿を消す。

それを確認せず、ライナーは作業に戻った。

ゴードンにつく気など初めからなかった。あくまで中から切り崩すための工作。

人材の足りないゴードンは怪しんでいても、ホルツヴァート公爵家を使わざるをえなかった。

おかげで重要な位置につくことができた。しかし、今、行動したところで捻りつぶされるだけだ。戦場で生きてきたゴードンは直感で動く。

それは策を弄す者にとっては厄介極まりない特性だ。

動くのはゴードンを確実に追い詰められるときでなければいけない。

「さて、仕事をするか」

そう言ってライナーは真面目に仕事へ取り組み始めた。

決して仕事は手を抜かない。

効率よく前線に兵糧を供給しなければいけないからだ。

万が一、ゴードンがレオに勝った場合。

それはそれでホルツヴァート公爵家の動きも変わってくるからだ。

ホルツヴァート公爵家はそうやって帝位争いを生き残ってきた。

どちらが勝っても得をするように。

どんな手を使っても構わない。

生き残り、存続することこそ正義。

それがホルツヴァート公爵家に代々伝わる教えだ。

「そのためには家族を利用するのも悪くはない……」

呟《つぶや》きながらライナーは嗤《わら》う。

幼いころよりロルフの教えを受けてきたライナーにとって、見る者すべてが駒だった。

たとえ兄だろうと……父だろうと。

「帝位の行方はどうなるのかな？」

言いながらライナーは書類を片付けていったのだった。

■■■

数日後。

ヘンリック率いる一万の軍勢がウィリアムへの援軍として前線に到着した。

「僕とレオナルトが決着をつけるときが来たか……」

「はい。ヘンリック殿下。見せつけてやりましょう！　僕らの力を！」

レオが籠る城を見つめながら、ゆっくりとヘンリックとギードは馬を歩かせる。

そんなヘンリックたちを迎えたのは、ウィリアムの部下である竜騎士だった。

「お待ちしておりました、ヘンリック殿下。ウィリアム殿下がお待ちです」

「待っているだと？　なぜ迎えに来ない？」

「はい？」

「そうだ！　連合王国の王子とヘンリック殿下が同格だとでも言う気か⁉」

ヘンリックはギードの言葉に深く頷《うなず》く。

その態度に竜騎士は頬《ほお》を引きつらせるが、強い自制心で怒りは抑え込んだ。

「ご無礼は承知でありますが、ここは戦場ゆえ。総司令官はウィリアム殿下です」

「ふん！　気に食わないな。僕は僕でやらせてもらおう」

「それが一番です。所詮は他国の王子。何を考えているかわかりませんからね」

「……そのままウィリアム王子にお伝えしても？」

「なんだ？　僕がウィリアムを怖がると思っているのか⁉　僕はヘンリック・レークス・アードラー！　帝国の第九皇子！　ゴードン兄上の弟だぞ⁉」

「……かしこまりました」

一礼して竜騎士は下がっていく。

それを見てヘンリックは鼻を鳴らしながら、ウィリアムたちから離れた場所に陣を張るように命じたのだった。

ウィリアムたちの分も含まれた大量の兵糧を持ったまま……。

6

北部貴族がグナーデの丘に張られた陣に集合したのは二日後のことだった。

その間にローエンシュタイン公爵は家中を整理した。とはいっても、ゴルトベルガーを謹慎処分にしただけだが。

主《あるじ》に反旗を翻したにしては、軽すぎる処分だ。しかし、ゴルトベルガーは側近中の側近。下手に処分すれば、士気にかかわる。これから戦をしようというのに、士気を低下させるわけにはいかない。

また、ゴルトベルガーに苛烈な処分を下すと、それに従った者も処分せざるをえなくなる。全員、ローエンシュタイン公爵に忠誠を誓っており、すべてはローエンシュタイン公爵のことを思っての行動だった。

ゆえに主犯であるゴルトベルガーを謹慎にするという処分で丸く収めたのだ。

罰にはならないという者もいるだろうが……死を覚悟した主の出陣についていけないのは、何よりも罰だろう。

何十回と主と生死を共にして、最期の出陣にはついていけない。知らせを待つだけだ。どうせなら殺してほしいと、ゴルトベルガーは思っているはず。

しかし、状況が許さない。

北部貴族筆頭であるローエンシュタイン公爵家が今、揺れるわけにはいかないのだ。

北部には四十七の貴族がいる。通称、北部四十七家門。

そのうち七つの貴族がレオの下へおり、集まったのは四十。

すでにローエンシュタイン公爵家は戦支度を終えており、その様を見て他の貴族たちも戦で

あることは察しているだろう。

問題はどちらと戦うか。

巨大な天幕に長机が用意され、上座にはローエンシュタイン公爵。そこからズラリと北部貴族が並び、末席にはシャルが座る。その後ろに俺が控えていた。

シャルが末席なのはあくまでツヴァイク侯爵の代理のため。そして他の北部貴族への配慮のためだ。

シャルの血筋は北部一。しかし小娘があまりにも大きな態度を取れば不信感を抱く。

あくまで主宰はローエンシュタイン公爵という形を取った。すべてシャルが決めたことだ。

「皆々様。遠方よりご足労、感謝致す」

「何を申される。今は亡きツヴァイク侯爵からの手紙。そしてローエンシュタイン公爵のご出陣。これを受けて領地に引きこもる者など北部四十七家門には存在しません」

「その通り！」

「公爵！　方針を示してくだされ！」

「北部一丸となって問題にあたりましょう‼」

次々に言葉が発せられる。

レオの要請には一切、見向きもしなかった奴らとは思えない反応だ。

落ち着くのを待ち、ローエンシュタイン公爵は一言発した。

「儂《わし》は戦をする。だが、これは儂の決断であって、北部諸侯の決断ではない。今は亡きツヴァ

イク侯爵は北部諸侯が意見を一致させることを願い、皆に手紙を送った。この状況下、皆はどう見る？」

「ゴードン殿下のふるまいは目に余ります！」

「まったくもってそのとおり！　北部の血を引きながら、北部のことなど微塵《みじん》も考えておりません！」

「だが、皇帝も皇帝だ！　大規模な戦の経験がほとんどない皇子を寄こし、戦を長引かせている！　早々に皇国と同盟を結び、国内の問題を解決するべきなのに、北部を軽んじている！」

「まったくだ！　姫将軍が北上してくるならば我らも様子見などする必要はなかった！　どちらが勝つとも知れぬ状況を作り出したのは皇帝だ！」

意見は半々。

しかしゴードンにつくという意見はない。

あくまでゴードンにつきたくはないが、皇帝にも不満があるという意見だ。

ゴードンは北部に入った時点で北部貴族と力を合わせるべきだった。しかし、北部に入った直後のゴードンは帝都の敗戦でまともに動ける状況ではなかったらしい。

そのためウィリアムがすべての指揮を取った。結果、北部貴族との結託はならなかった。

ウィリアムを責めることはできないだろう。北部に地盤を固めなければ、藩国に逃げ込むしかなくなる。それを避けるためには強引にでも北部貴族の領地を奪うしかなかった。

結局、他国の王子であるウィリアムの限界だといえるが、ウィリアムだからここまで持ちこ

たえているともいえる。

「公爵のお考えをお聞きしても？」

「儂の考えか……ゴードンは愛娘《まなむすめ》の息子。皇族とはいえ孫だ。しかし、血縁など北部の絆《きずな》に比べれば大したことではない。ゴードンにはつかん」

「では皇帝に？」

「ふん……忌々しいかぎりだ。戦前に娘が久々に儂の前に現れた。ゴードンに助力をと求めてきた。これ見よがしに利を説いてな。儂の娘はあんな醜悪ではなかった。これも後宮などという女の魔窟に入ったからだ。原因は皇帝にある」

吐き捨てるように公爵は告げた。

それを聞いて、一同は困惑の表情を浮かべた。

今のを聞いて皇帝につくと考える者はいないだろう。

ゴードンにもつかない。皇帝にもつかない。

では、誰につくというのか？

その疑問への答えは公爵の視線の先にあった。

じっと公爵が見つめる先、そこにはシャルがおり、北部貴族の視線がシャルに向けられ始めた。

「答えはシャルロッテ嬢がお持ちのようだ。お聞かせ願えるか？」

「では、私のほうから提案をさせていただきます。私は現在、ツヴァイク侯爵の名代としてこ

の場にいます。皆様に手紙を送ったのは私です。私は――北部諸侯連合を結成することを提案いたします。北部混乱の元凶、ゴードンを討つために」

「……それはつまり皇帝につくということですかな？」

「いえ、我々は次代の皇帝につきます。連合の総大将もそれに連なる方に務めていただくつもりです」

そう言ってシャルが自分の場所を俺に譲った。

道は整えた。あとは任せたといわんばかりだ。

たしかにここまでくれば離反する貴族はいないだろう。ほかに道がないからだ。

公爵の出陣で士気も高い。

だが、俺が関わっているかぎり士気の低下は否めない。それだけ北部貴族の皇族への不信は大きい。

だからそれをどうにかしろという無茶《むちゃ》ぶりだ。

無茶で無理だが……シャルが払った対価は大きい。

否とは言えない。言ってはいけない。

「ほとんどの者が初めましてだろうな。自己紹介から始めよう。帝国第七皇子、アルノルト・レークス・アードラーだ」

被《かぶ》っていた黒いフードを取り、俺は北部貴族たちに名乗った。

その瞬間、怨嗟《えんさ》に満ちた視線が俺に集中した。

気の弱い者なら声を発することができなくなるほどの圧。

しかし、その程度は慣れている。

「……出涸《でが》らし皇子め！」

「どういうことか？　シャルロッテ嬢？」

「そのままです。我々はレオナルト皇子につき、アルノルト皇子を盟主として北部諸侯連合を結成します。戦後も含め、北部が安泰となるためにはこれしか手がありません」

シャルの言葉に誰も反論はしない。

次代の皇帝につくという手段は珍しくない。地方一帯で、というのは稀《まれ》だがないわけじゃない。

見返りが大きいからだ。

今の戦況に不満はあれど、レオは北部に配慮しながら戦っている。ゴードンと比べれば雲泥の差だ。そこも反論がない理由だろう。

だが、反感がないわけじゃない。

「皆、思うところがあるという顔だな。そんなに皇族が嫌いか？」

「嫌い？　その程度で済みませぬな。殿下」

「殺したいという顔だな。やってみるか？」

「望むところだ！　皇帝に首を送り付けてやろう！」

一人の貴族が血気盛んに立ち上がるが、周りの貴族がそれを抑え込む。

それが答えであり、彼らの強さ。

「どうした？　やらないのか？　無理やり振りほどけないわけじゃないだろ？」

「くっ……！」

「……非礼はお詫《わ》びしよう。踏みとどまると知って、愚弄した」

「なにぃ……⁉」

俺は軽く頭を下げるとゆっくりと歩き出した。

一人一人、北部貴族の顔を見るためだ。

「あなた方は帝国中央より冷遇されてきた。三年前、皇太子が北部国境で亡くなったからだ。悲しみは怒りに変化し、はけ口として北部の貴族に向かったわけだ」

誰も何も言わない。

ただ俺の姿をじっと見つめている。

「あなた方はそれに耐えた。矢面にはツヴァイク侯爵が立ったわけだが、それ以外にも辛《つら》いことは山ほどあっただろう。それでも――あなた方は何もしなかった。耐えることを選んだ。なぜだ？　代々勇猛な北部貴族にとって屈辱だったはず。反乱を起こすということすら選択肢にはあったはずだ。なぜなのか？」

長机の端に到着し、俺はローエンシュタイン公爵と目があった。

その目は鋭いままだが、どこかこの状況を楽しんでいるようだった。

その目に後押しされ、俺は振り返る。

「答えはあなた方が北部に根付き、北部を守ってきた貴族だからだ。誇りが許さなかった！北部の地が戦火に焼かれ、北部の民が苦しむことを。だから耐えるという選択をあなた方は取った。しかし……今、その北部の地が戦場となっている。あなた方が屈辱に耐えて守ったものが踏み荒らされている。それで良いのか？　良いわけがない‼」

俺は自分の胸に拳を当てる。

彼らは俺によく似ている。

自分の信念で動いている。譲れない物のために。

「帝国の民は俺を出涸らし皇子と揶揄《やゆ》する。あなた方とてそうだ。そして俺も自分がそうだと思っている。弟に多くのモノを持っていかれた。しかし、俺はゼロではない。無ではない。こんな俺でも残っているモノがある。皇族の責任、弟への責任、民への責任。あげればキリがない。搾り取られたところで残るモノはある。あなた方とてそうだろう？　皇族への忠誠が無くなったって、北部の地を想《おも》う心はあるはずだ。皇族への尊重が無くなったって、北部の民を想う心はあるはずだ。それが譲れないから屈辱に耐えた！　見事だ――感服した！」

かつて贈られた言葉を俺は北部貴族に贈る。

認められるのは気分がいい。誰であっても、だ。

耐えていれば、それを認めてほしいものだ。気づいてほしいと思うのは人間として当然だ。

言葉一つで頑張れるときもある。

かつての俺がそうだった。

彼らは耐えることに慣れてしまった。

北部貴族たちは常に受動的だった。ツヴァイク侯爵が手紙を出さなければ集まらず、ローエンシュタイン公爵が出陣しなければ士気が上がらない。

意見は言えど、行動はしない。

強者に追従する姿に強さはない。

動けば北部一帯に火の粉が降りかかる。その状況が続いたせいだろう。

どうしても動くことを制限してしまう。

だが、それではいけない。

俺が盟主に君臨するんじゃない。彼らが担ぎ上げるんだ。

自らの守りたいものを守るために。

「耐えるのはもう十分なはずだ！　北部の地が荒らされている！　それだけで腰をあげるには十分だ！　いつまで殴られ慣れた弱者でいるつもりだ!?　北部が荒らされたとき、なぜ真っ先に立たなかった!?　俺の弟が来るまで静観し、俺の弟が来ても静観している！　北部は誰の地だ!?　皇族の地か!?　ならばなぜ耐えた!?　大切ではないなら捨てればよかっただけのこと！　大切だから耐えたのだろう！　北部の民が苦しんでいるのにいつまで腰を落ち着けているつもりだ!?　自らの領地すら守れず、何が貴族だ！　北部貴族の勇猛さはこの地から始まった！　子孫がこれでは先祖も浮かばれないだろう！」

「言わせておけば!!」

「城でぬくぬく育った皇子に何がわかる⁉」

「わかるものか！　しかし、俺はここにいる！　北部の難題に対して臨んでいる！　あなた方は出涸らし皇子に後れを取ったんだ！　俺を出涸らし皇子と笑うなら笑え！　嘲りたいなら嘲ればいい！　だが、俺に後れを取るような無能にまで馬鹿にされる謂《いわ》れはない‼　俺は出涸らし皇子！　帝国中から馬鹿にされる無能者だ！　だが俺は――俺を笑ったことのある者が、俺に後れを取ることは許さない！」

　そう言って俺は長机を強く叩《たた》く。

　そして最後に告げた。

「号令をかける……敵は反逆者ゴードン！　北部のために必ずや討ち滅ぼす！　北部諸侯連合を結成せよ‼　出涸らし皇子に後れを取ってなるものかと思える気骨ある貴族は！　誇りを持って家名を告げて賛同せよ‼」

　一瞬の静寂。

　真っ先に膝をついたのはシャルだった。

「ツヴァイク侯爵家は殿下に従います」

　それを見て二人の若い貴族も膝をついた。

「ボルネフェルト子爵家。殿下に従います。百騎に満たぬ騎士しかおりませんが、戦場での働きはどの貴族にも負けません。お見知りおきを」

「ゼンケル伯爵家。殿下に従います。先鋒《せんぽう》にお悩みなら我が家にお任せを」

それを皮切りに続々と北部貴族が膝をつき始めた。

口にするのはすべて前向きな言葉。

そして最後にローエンシュタイン公爵が膝をついた。

「ローエンシュタイン公爵家以下、北部四十七家門、アルノルト、レオナルト両殿下に従います。殿下に北部諸侯連合の盟主をお願いしたく存じますが、お引き受けいただけますか？」

「引き受けよう。仮初の盟主だ。全権を公爵に委ねる」

「感謝致します。方針として、この場にて戦力が揃《そろ》うのを待ちます。それと同時に前線に近い貴族をレオナルト殿下の下に援軍として送ります」

「すべて任せる」

そう伝えるとローエンシュタイン公爵は頷《うなず》き、すべての貴族に兵を集めるよう伝えたのだった。

# エピローグ

Epilogue

帝国東部国境。

いまだ動きを見せぬ大陸三強、最後の一角、皇国に備えて東部国境守備軍はいつでも戦える状態だった。

士気も高く、いつでもかかってこい、という雰囲気が要塞内にはあった。しかし、そのトップは必ずしもそういう雰囲気を歓迎してはいなかった。

「いかにも準備万端、やる気満々だと見せたら、敵が油断しないではないか。我が将兵たちもまだまだ甘いな」

「そういうリーゼロッテ様はどうなのです？」

東部国境守備軍を率いる帝国元帥、リーゼロッテの私室。そこにユルゲンはいた。

帝都での反乱が終わり、リーゼロッテは東部国境に戻っていた。東部の国境にリーゼロッテがいるというのが大事だからだ。それだけでエリクは交渉を有利に進められる。いるだけで皇国という大国の動きを阻害できるのだ。

わざわざ皇族の最強戦力を東部国境に置くのは、それが一番効果的だからだ。

「私はいたって冷静だが？」

「ではお寛《くつろ》ぎください。紅茶でも淹《い》れましょう」

ユルゲンは優しく笑いながら、立ったままのリーゼロッテを椅子に誘う。しかし。

「ふむ……やめておこう。敵がいつ攻めてくるかわからんからな」

「やる気を見せると敵は攻めてこないのでは？」

ユルゲンの言葉にリーゼロッテは黙り込む。そんなリーゼロッテを見て、ユルゲンは苦笑する。

たしかにやる気を見せると敵は攻めてこない。しかし、国境守備軍としてはそれは正しい。攻め込ませないのが一番だからだ。

しかし、今のリーゼロッテにとって攻め込んでこないというのは困るのだ。

さっさと攻めてきてほしいし、さっさと返り討ちにしたい。そうリーゼロッテは思っている。それを隠せないのは、皇国を意識しているからではない。傘下の国境守備軍の将兵たちとは違う理由で、リーゼロッテはやる気満々なのだ。

「残念ですが、リーゼロッテ様がここにいる以上、皇国は攻めてきません。なので、リーゼロッテ様がここを離れる機会もありません。というわけで、お座りを。レオナルト殿下が心配なのはわかりますが、ここで気を張っても意味はありませんよ」

「よく覚えておけ、ユルゲン。私は正論を押し付けられるのが嫌いだ」

「それは失礼しました。しかし、気を張り詰めていては疲れてしまいますよ。しばらく状況は

「……ユルゲン。お前も聞いているはずだぞ？　宰相直属の伝令が来たはずだ」

「はい。アルノルト殿下も北部に出向かれたとか」

「そうだ！　私の可愛《かわい》い弟が二人も北部にいるのだぞ!?　最前線では菓子もお茶も満足に手に入らん。姉である私がこんな場所で肩の力を抜き、嗜好品《しこうひん》を楽しんでは示しがつかん」

「民の苦労を共有するのが王の務めではありません。兵士の苦労を共有するのが将の務めではありません。弟の苦労を共有するのが姉の務めではないでしょう。その苦労をどうにか解決するのが務めでは？」

　ユルゲンは言いながら紅茶を淹れる。そして自分が持ってきたお菓子を机の上に広げる。

　それを見て、リーゼロッテが三歩ほど机に近づいた。しかし、いかんいかんと言って、二歩引いた。

　先ほどよりも近いな、と思いつつ、ユルゲンは椅子に座る。

「リーゼロッテ様のお考えはわかります。行けると過信しなければ皇国は攻めてこない。そう過信させて、皇国を迎撃。そのまま北部に向かうのが一番でしょうが……皇国は最近、モンスターの被害を受けました。すぐに動くのは無理です」

「では、私がここにいる必要はないか？」

「とはいっても、リーゼロッテ様がいなくなれば皇国は動くでしょう。リーゼロッテ様が前回、国境を留守にしたとき。皇国にとってはチャンスでした。それを逃した以上、今回こそは動く

でしょう」

「もう我慢できん！　私が皇国に打って出て、立ち直れない一撃を与えよう！」

「すでに二正面作戦。それが三正面になるのは愚策でしょう」

軍事的な視点でユルゲンに語られ、リーゼロッテは頰《ほお》を引きつらせる。そもそも、リーゼロッテに何か意見を伝えられる者は少ない。ましてや、こうまでリーゼロッテの意見を切り捨てる者は最近ではユルゲンくらいだった。

「レオは包囲され、アルはいまだに立場のはっきりしていない北部貴族たちの下にいる！　暢《のん》気《き》にお茶などしていられん！　帝都のときとはわけが違う！」

「お二人を信頼しているのでは？」

「信頼しているが、姉として助けたいと思うのは間違っているか？」

「いえ、そう思っていただけるお二人は幸せな弟でしょう。しかし、ここにリーゼロッテ様がいるからこそ、お二人は北部に全力を注げるのです。そのことはリーゼロッテ様が一番わかっておられるのでは？」

「今日はなんだか、挑戦的だな？　ユルゲン」

「そう見えるのはリーゼロッテ様が少し冷静さを欠いているからかと。さぁ、お座りください。状況が変わるまで静観するのも立派な手段です」

「……レオは飲み水にも困っていると思うと……」

「補給は成功したという報告も入っています。そういう心配は無用でしょう。それにアルノル

ト殿下も動いています。きっと近いうちに大きな動きがあります。それまでの辛抱かと」

「……いいだろう。お前の言葉を真に受けてやろう」

そう言ってリーゼロッテは椅子に座る。

ようやく座ったリーゼロッテのために、冷めた紅茶は自分用にして、リーゼロッテ用の紅茶をユルゲンは淹れる。

そして、ようやくすべて準備万端という形になったとき、ユルゲンは告げる。

「きっと大丈夫です。なにせ、お二方はあなたの弟君なのですから」

「うむ、それはそうだな。よし、ユルゲン。お前の頼みを聞いてお茶に付き合ってやる。さぁ、私の機嫌を取れ」

「仰せのままに」

そう言ってユルゲンはリーゼロッテの前にお菓子を置いたのだった。

# 最強《さいきよう》出《で》涸《が》らし皇子《おうじ》の暗躍《あんやく》帝《てい》位《い》争《あらそ》い11
## 無能《むのう》を演《えん》じるSSランク皇子《おうじ》は皇位《こうい》継承戦《けいしようせん》を影《かげ》から支配《しはい》する


著　タンバ

角川スニーカー文庫　23567

2023年3月1日　初版発行

発行者　山下直久
発　行　株式会社KADOKAWA
〒102-8177 東京都千代田区富士見2-13-3
電話　0570-002-301（ナビダイヤル）

印刷所　株式会社暁印刷
製本所　本間製本株式会社


◇◇◇



●お問い合わせ
https://www.kadokawa.co.jp/（「お問い合わせ」へお進みください）
※内容によっては、お答えできない場合があります。
※サポートは日本国内のみとさせていただきます。
※Japanese text only



Printed in Japan　ISBN 978-4-04-112784-1　C0193


**★ご意見、ご感想をお送りください★**
〒102-8177 東京都千代田区富士見 2-13-3
株式会社KADOKAWA　角川スニーカー文庫編集部気付
「タンバ」先生「夕薙」先生

# 角川文庫発刊に際して

角川源義

第二次世界大戦の敗北は、軍事力の敗北であった以上に、私たちの若い文化力の敗退であった。私たちの文化が戦争に対して如何に無力であり、単なるあだ花に過ぎなかったかを、私たちは身を以て体験し痛感した。西洋近代文化の摂取にとって、明治以後八十年の歳月は決して短かすぎたとは言えない。にもかかわらず、近代文化の伝統を確立し、自由な批判と柔軟な良識に富む文化層として自らを形成することに私たちは失敗して来た。そしてこれは、各層への文化の普及滲透を任務とする出版人の責任でもあった。

一九四五年以来、私たちは再び振出しに戻り、第一歩から踏み出すことを余儀なくされた。これは大きな不幸ではあるが、反面、これまでの混沌・未熟・歪曲の中にあった我が国の文化に秩序と確たる基礎を齎らすためには絶好の機会でもある。角川書店は、このような祖国の文化的危機にあたり、微力をも顧みず再建の礎石たるべき抱負と決意とをもって出発したが、ここに創立以来の念願を果すべく角川文庫を発刊する。これまで刊行されたあらゆる全集叢書文庫類の長所と短所とを検討し、古今東西の不朽の典籍を、良心的編集のもとに、廉価に、そして書架にふさわしい美本として、多くのひとびとに提供しようとする。しかし私たちは徒らに百科全書的な知識のジレッタントを作ることを目的とせず、あくまで祖国の文化に秩序と再建への道を示し、この文庫を角川書店の栄ある事業として、今後永久に継続発展せしめ、学芸と教養との殿堂として大成せんことを期したい。多くの読書子の愛情ある忠言と支持とによって、この希望と抱負とを完遂せしめられんことを願う。

一九四九年五月三日

入栖
—Author
Iris
神奈月昇
—Illust
Noboru Kannnatuki
マジカル☆エクスプローラー
—Title
Magical Explorer
エロゲの友人キャラに転生したけどゲーム知識使って自由に生きる
Reincarnated as a Eroge Hero's Friend,
I'll live freely with my Eroge knowledge.
知識チートで
二度目の人生を
完全攻略！
特設ページは
▼コチラ!▼
スニーカー文庫

君の紡ぐ物語で
世界を変えよう。
第29回
スニーカー大賞
作品募集中!
大賞 300万円
+コミカライズ確約
金賞 100万円
銀賞 50万円
特別賞 10万円
締切必達!
前期締切
2023年3月末日
後期締切
2023年9月末日
詳細は
ザスニWEBへ
https://kdq.jp/s-award
イラスト／左